希望のスイッチは、くすっ

うつ病の母に笑顔がもどった奇跡のはがき

脇谷みどり

鳳《オオトリ》書院

うつ病を患《わずら》い、「死にたい」と言う郷里の母。
難病の娘をかかえ、会いたくても会いに行けない私は
母に毎日、はがきを送ることにしました。
このはがきで母が、くすっと笑ってくれたら
死にたいという気持ちを、忘れてくれるにちがいない。
そう信じて——

プロローグ

この日から、私たち家族の希望の物語がはじまったのです

初めて母に送ったはがきは、阪神大震災の明くる年の4月でした。
季節を忘れた母へ、春を届けました。
暗闇のなかにいる母に、街のにぎわいを届けました。
母が命を絶《た》つようなことは、絶対にさせない。
そう心に決め、一日も欠かさずに送りつづけたはがきは、
5000通を超《こ》えました。

1996・4・3　郷里の母に最初に送ったはがきです。
込みあげる思いを、そのままつづりました。

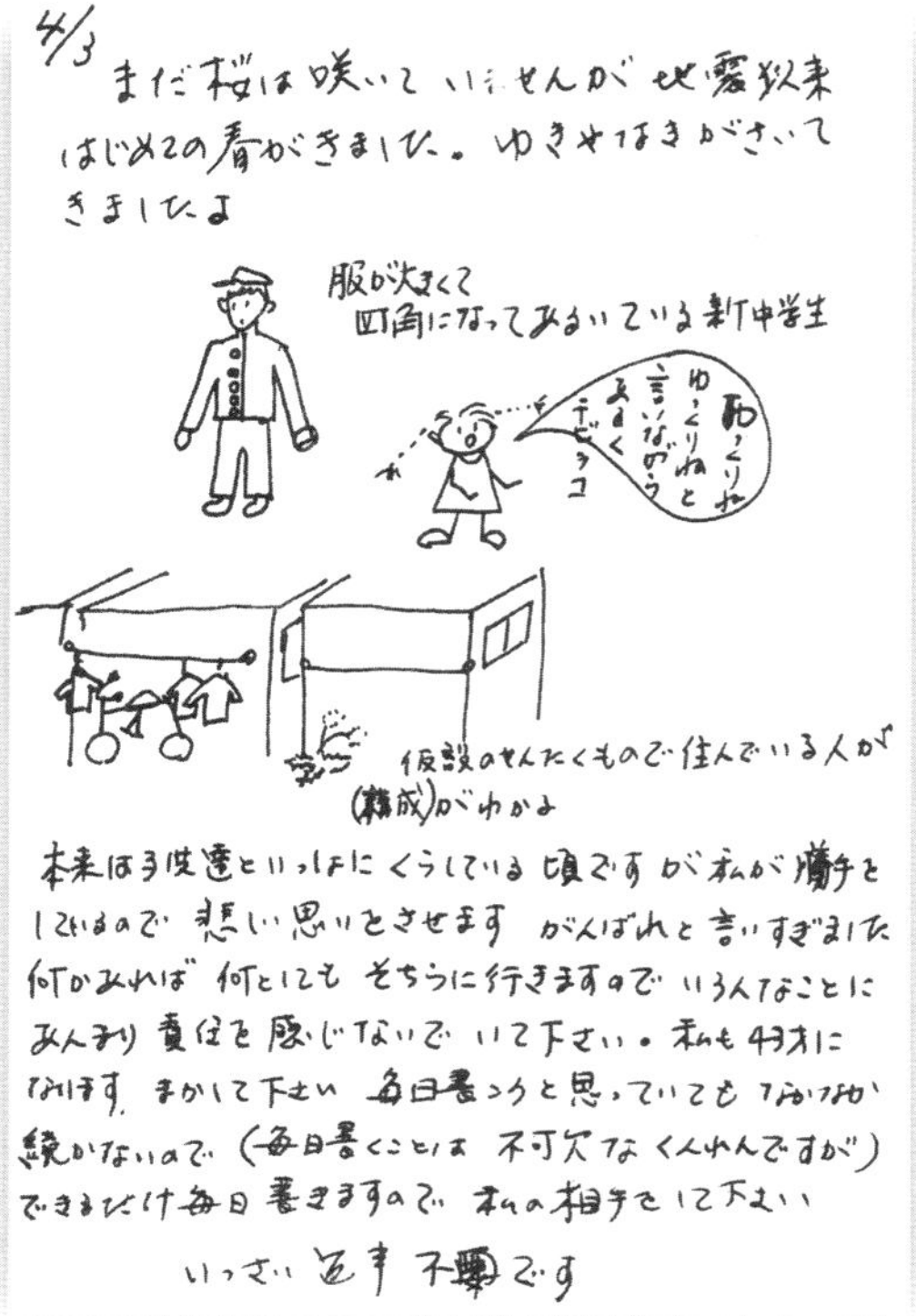

4/3 まだ桜は咲いていませんが地震以来
はじめての春がきました。ゆきやなぎがさいて
きましたよ

服が大きくて
四角になってあるいている新中学生

ゆっくりね
ゆっくりねと
言いながら
よろく
テッテッコ

仮設のせんたくもので住んでいる人が
(構成)がわかる

本来は子供達といっしょにくらしている頃ですが私が勝手を
しているので悲しい思いをさせます　がんばれと言いすぎました
何かあれば何としてもそちらに行きますのでいろんなことに
あんまり責任を感じないでいて下さい。私も43才に
なります。まかして下さい　毎日書こうと思っていてもなかなか
続かないので（毎日書くことは不可欠なくんれんですが）
できるだけ毎日書きますので私の相手でいて下さい
いっさい返事不要です

いつのころから母は
一枚一枚のはがきを
スケッチブックに貼りはじめました
「希望」という言葉を添えて――

希望のスイッチは、くすっ

うつ病の母に笑顔がもどった奇跡のはがき

もくじ

part 2 人はおもろい

part 3 いつも一生懸命

part 6 人生は素晴らしい

ブックデザイン●澤井慶子
表紙カバー・本文イラスト●脇谷みどり

part

1

街は、ふしぎでいっぱい

いつもの通いなれた道も
目をこらしてあたりを見ると
あちこちに、ふしぎがあふれている
街へ出よう
心がワクワクする出会いが
きっとある

雨が上がったら

雨がやんだら、穴のなかに潜《ひそ》んでいた動物がゾロゾロと出てくるように、スーパーの前の広場が、ハトたち、猫たち、子ども連れの人間でいっぱいになった。

ただ雨がやんだだけなのに――。時計が動きだしたように活気に満ちている。人間もただの動物なんだと感じる。太陽がさすだけで元気になる。

赤ちゃん組のおさんぽ

私はどんぐりちゃん達とあそんでいます

近くの保育園の1～2歳の赤ちゃん組が、おさんぽに出ている。途中に陸橋があって、みんな下を通るトラックや車が見たくて、柵《さく》につかまって鈴なりになっている。

ここで、おさんぽはストップ。通ってゆく人は、みんな、このようすに笑って行く。保母さんは、さっきからどうすることもできないで立ったまま見守っている。

おもしろいことさがし

雨が降っていた。行き交う自転車を見ていて「オーッ、ハハハァ」と笑う人がいた。笑わないでいようと思っても止められなかった。

スーパーの袋、持つところを耳にかけて走っている。袋は、風をはらんでパンパンになっている。

この話をしたのは、娘の、かのこの先生だ。このごろ、〝おもしろいことさがし〟に仲間入りしている。勝手にネ。どんどん増えるといいネ。お互いの話で笑えるもの。そういえば私も……、こういうのを見たことがあるぞという話になる。

ごみ袋に3ヵ所穴《あな》をあけて、子どもに着せている人もいた。

箱に穴をあけて
うしろの子供とかぶっている

かのこの先生がご主人にスーパーの袋をかぶっている人の話をしたら、「そんなん、どこでもおるで」と言い、その上の上をいく話を教えてくれた。

なんと、ダンボール箱をかぶっている人が、伊丹《いたみ》にはいるという。

スーパーの買い物袋ぐらい当たり前だと言われた伊丹は、どういう街なのだろう。

知らない時間

いつも通っている道でカンナみたいな、アサガオみたいな赤い花が、いっぱい咲いているのを見た。朝5時、夏なのでもう充分明るいのだけれど、昼間はしぼんでいるので気がつかなかった。

自分のまわりの世界を全部知っていると思っても、まだまだその一部しか知らない。その全部を知っていると思ってしまうのは、残念なことかもしれないですね。

地下鉄にて

ときどき、自分の目がカメラであってほしいと思う。目の前に2歳ぐらいの男の子が座っていて、足をプランプランさせている。クリッとした目で、私の方をときどき見ている。

大きなマスクをしている私に興味があるらしい。笑ったら、恥ずかしがって目をそらす。目だけで笑われるのは、少し恐いのかもしれない。あんまりかわいいので、カメラならパチッと撮れるのにと残念です。

しばらくして降りるらしいので手を振ったら、お母さんに手をつながれながら、私の方にサヨナラの手を振ってくれた。お母さんも笑って頭を下げた。

とんでもないところに、おもしろいことが

今日はお味噌汁に「ふ」を入れようと、スーパーの「ふ」のコーナーに行った。いろいろなタイプがある。タイプを選んだ。袋の用途のところを読んでびっくりした。「好まれる製品です。汁物、煮物、おやつに」と書いてある。おやつということは、子どもが食べるのだろうが、どういう状態で食べるのだろうと、その続きを見た。「お腹にやさしく、栄養がある」と書いてあるだけだった。

もう一度、よく読んだら「スナックがわりに」とも書いてある。スナックというのは、ポテトチップスとかの食べ物なのだから、きっと、この状態のままかじるのだろう。甘くも辛くもないのに、ましてや戦時中でもないのに、こういうものを好む子どもがいるのだろうか？　家に帰って、一つかじってみた。……たしかにお腹にやさしいという味だった。

びっくり

これはトレーラーハウスではありません。もう、できあがった家をどこかに運んでいるところ。だから早く家ができるのですね。

　でも、バス停でバスを待っていた人は、びっくりしました。「びっくりしましたね」と言い合い、知らない同士が一瞬、仲良しになる。

「ああいうのを一つ、もらったらうれしいですね」と言ったら、みんな「うんうん」とうなずいた。

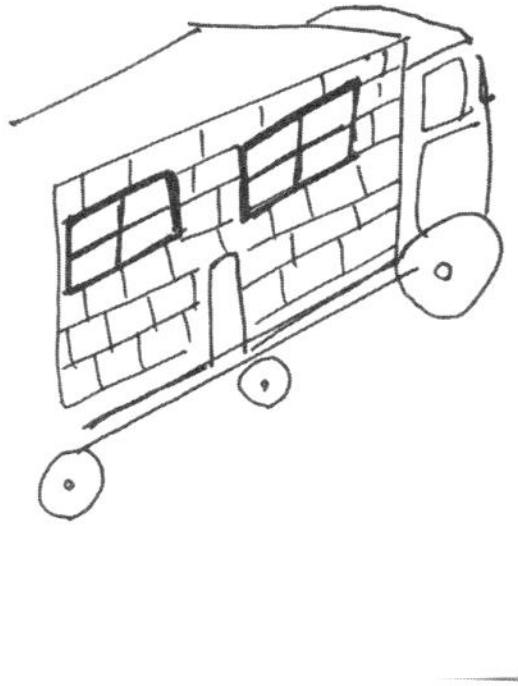

顔

1階のエレベーターホールに、こんな絵が貼ってある。何だろうと思って文章を読むと、こういう顔をした痴漢《ちかん》が小さな女の子をいたずらするので気をつけて、ということらしい。

この絵の通り、目はない。PTAがつくったらしく、書いていないということは、誰も顔を覚えていないのだろう。うっとおしい内容なのに、見るたびに、その絵の線が細く危うい。わかりそうで、全然わからない似顔絵なので、心で笑ってしまう。

誰でも覚えられる特別な顔の人は、悪いことはできないということだ。

あれは　なんだ！

3階の防火シャッターの上に土のついた裸足の足跡が残っている。2メートルはゆうにある。あんなところにどうやって裸足の足跡をつけることができるのだろう。

この階段では、よく男の子たちが座って話をしているので、その子たちがおもしろがってやったのだろうか？　昨日はなかったぞ。

もちろん、いけないことだけれど、その次の展開がありそうで楽しみにしている。こういうユーモアが日本人もできるようになったんだなあと、いけないことだけど笑った。

ふしぎな柄

すごいおもしろい柄《がら》の服を着ている人だと思って後ろから見ていた。通り過ぎるとき、よく見たら、おんぶをしているリュックサックの皮の模様が、人の顔に見えたのだった。

つまりこうでした。

このごろ、若い女の子に大流行しているスタイルは、スカートの下にズボンをはくというものです。これも昔は、つっかぶっている人の格好でした。今は、流行の最先端です。誰も変だとも何とも言いません。

ふしぎな犬

武庫川の川原を走る。

ジョギングをしている人、歩いている人がいるなかで、こうやって走っていく2匹のシベリアンハスキーが見えた。

私が20分ほど自転車で走る間、ずっと2匹は仲良く走っていく。飼い主はどこにもいなかった。2匹で自主的にトレーニングしていたのかもしれないけど……。

首わどうしが
つながって
仲良くならんで
走っています

好きなこと

母親といっしょの小っちゃい子と目が合ったとき、思いっきり愛想よく笑ってあげる。密《ひそ》かに昔から楽しんでいる好きなことです。

すると50パーセントの子は、知らないおばさんだという警戒心はあるものの気になる。反応の良い子は、笑い返したりする。そうすると、お母さんに手を引かれながらも、目はこのおばさんに釘付《くぎづ》け。散歩のとき、無理やりロープを引っ張られる犬状態になる。そうすると〝してやったり〟と楽しくなる。

なんで、こんなところに

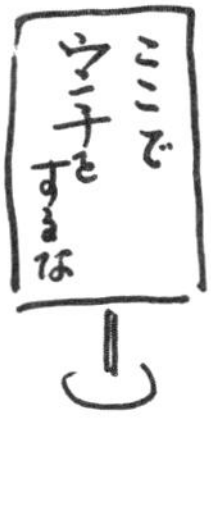

「ここでウンチをするな」というプレートが立っている。驚いた。
それが、小学校の正門前だったから?
こんなところで、ウンチをする人がいるのだろうか?
犬なら、犬にウンチをさせるなと書くだろう。
人間がウンチをしたということがあったからのプレートだろう。

猫じゃらし

猫じゃらしのやわらかい毛を
描いてみたいとずっと思う
はじめてクリクリ坊主にした
小さな男の子の頭みたいに
さわると気持ちのいい穂先
秋のチョウチョが止まっている
人指し指と親指でつまむと
簡単につかまえられる
50メートルほどつまんで歩いてから
青空に向かって放ってやった
こよみはもう秋を告げ
もうすぐ猫じゃらしも銀白色になる

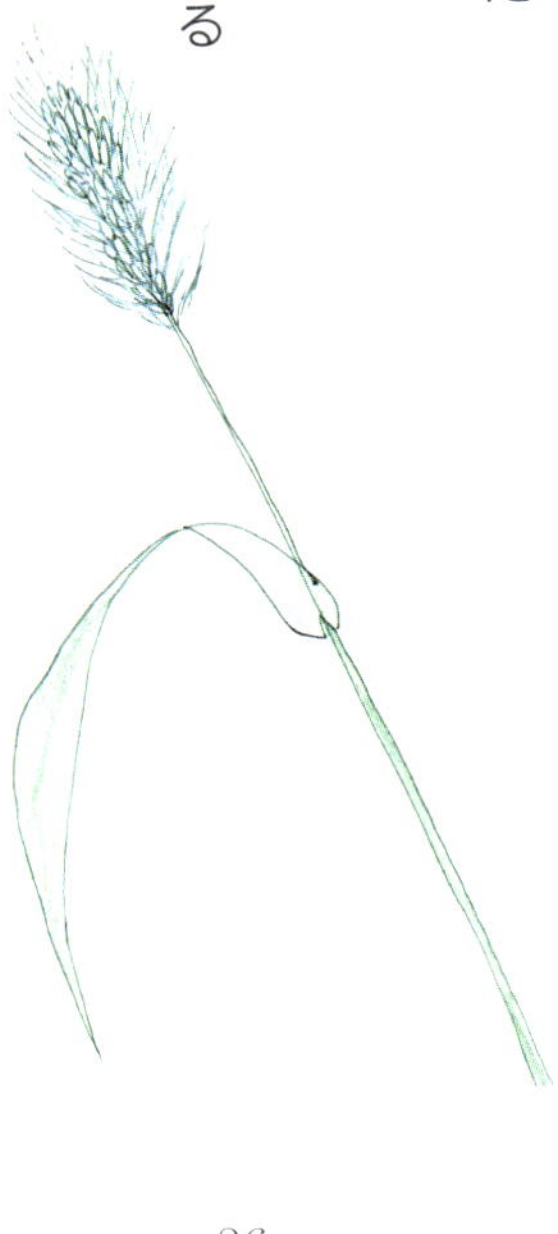

part

2

人はおもろい

泣いたり、笑ったり、怒ったり
心をもった人間は
そのときどきで、いろいろ変身する
次の瞬間には、何をしでかすかわからない
だから人は、おもろい

自分の子供を育てる
時は、かわいいと
いうより、無我夢中
だったから、特に
そういう気持ちはな
かったように思うが、
チョコチョコ歩く
幼い子を見ると
ほんとうに さらって
いきたいほど
かわいいと思う
同時中継の会館
の人並みの中を
ぬって歩いている 男の子。
かわいいと思っているらしく、笑いかけて
いる。幼いということは それだけですごい
ことなんだ。
みんなも

関西のおばちゃんたち

私も含めて関西のおばちゃんは、おもしろく、恐い。まず、ハッキリものを言う。思いを心に閉じ込めていられない。

昨日、買い物に行ったらレジがズラーッと並んでいた。あまりにもすごいのを見て、店長らしい人が、となりのレジを開けた。するとズラーッと並んでいた途中のおばちゃんが、そっちにドバッと走っていた。残ったおばちゃんが言う。

「わあ、あんたら何してんの、ひどいわ、私かて、ず～と待ってんのに」

それに対して走っていったおばちゃんの先頭が、言って返した。

「ぼや～としてるからやで、しゃっしゃとせな、そうなるのや」

ここでふつうならケンカになるが、関西では絶対ならない。

「ほんま、どんくさいわ、私」という、ひと言で笑って終わる。

こぼすなよ

金魚すくいをして帰ってくる親子がいる。お父さんは坂道を自転車で下りながら、「こぼすなよ」「こぼすなよ」と言い続けている。荷台の子どもは、今にも眠りそうで、「こぼすなよ」より「落すなよ」と言った方がいいように思う。

それを親の第六感で感じたか、お父さんは急に自転車を止めると、子どもを降ろし、家から持ってきたパンをポウンと投げた。ハトがわっと集まってきて、子どもはそっちに走って行った。もう眠たくない。

お父さんは、よくわかっている。もう、子どもは、金魚のことは忘れている。

見られていると元気になる

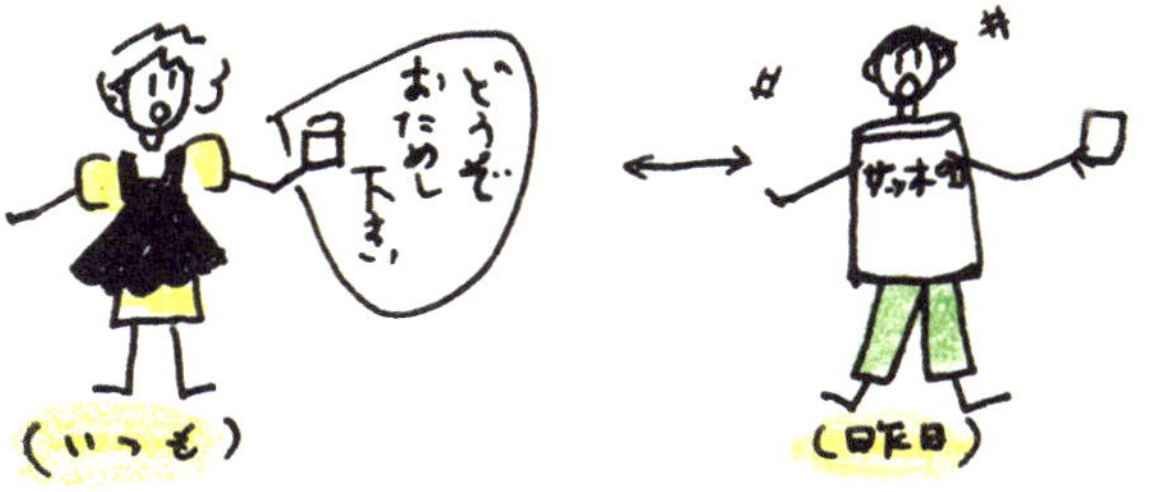

スーパーのビール売り場で、昨日から若いお兄さんがビールのキャンペーンを一人さみしくやっている。その格好は、いつものお姉さんに比べてあまりにも強烈である。

つまり、上の絵のようにビール缶を着ているわけで、こっちとしては、〝気になる〟を通りすぎて〝気の毒〟になる。そこで、近づかないようにして買い物をすませた。ビール会社へ入社したとき、このようなコマーシャルをさせられるなどとは考えただろうか……。

ところが今日、再びスーパーに行ったら、二日続けて彼がいた。今日は、いやに元気である。この変化はどうだ。彼を見て、笑ってくれる人がいて、元気になったらしい。

なんと彼の近くには、特設の野菜売り場ができ、おばちゃんらの笑い声があふれていた。

留守番電話

留守番電話は、入れるのも、聞くのも好きです。慣《な》れていない人は「アー」とか「ウー」とか言っている声が入っている。私もメッセージを入れる時に、電話機に話しているのに、しどろもどろする。そういう自分がおかしい。

昨夕、買い物から帰ってきたら息子の正嗣《まさし》からメッセージが入っていた。「あの〜、息子の正嗣ですけど〜」というもの。送った扇風機がついたという内容だけど、「息子の正嗣」というのが、おかしくて笑った。

こういうおかしなことを言ってしまうのが、留守番電話のおもしろいところですね。ちなみに話をするのが苦手《にがて》な夫は、絶対に留守電にメッセージを入れない。

ばあちゃん

孫が自転車で遊んでいるところに、出くわしたばあちゃん。「ちょっとちょっと、お前のランニングシャツ、後ろ前と違うか?」。小学1年生の孫には、そんなことは別にたいした問題ではない。でも、ばあちゃんは許さない。孫の自転車を止めさせて、ポロシャツの下のランニングを透《す》かして見ること20秒……。

「やっぱり、後ろ前に着てるわ。ここで脱ぎなさい」。

孫は、人通りの一番多い道でポロシャツを脱がされ、ランニングを着替えさせられている。「そうや、そうや、これでええねん。ほんじゃ、おばあちゃんは買い物に行ってくるで」と、ひどく納得して歩き出すばあちゃん。

あんたはいいかもしれんけど……。

話よりもおもしろいこと

眠たくなるようなややっこしい話をしている。三列先の斜め前に座っているおばちゃんが、急に髪のピンを抜いて、それで頭のあっちこっちを刺して髪をすきはじめた。姿勢は崩さず、ピンと背中を伸ばしたまま。

こういうピンを上手に、グサッ、グサッと刺してゆく。それは頭皮につき刺さりそうで、見る者に少なからず注意を強いる行為であった。

隣の人を見たら、やっぱり、そのおばちゃんの方を見ていた。後ろの列の人は、当然、目が一個の点になったように見つめていた。

おばちゃんの髪はきれいに結い上げられていて、こういう風に結うためには、髪の毛はどれぐらい長いのだろうとか、毎朝、自分一人で髪を整えるのだろうかとか、どこでピン

を留めれば髪の端っこがかくれるのだろうかとか……、さまざまなことを考えさせられた。

そして、気のすんだおばちゃんは、ピンをさし込むと静かになった。みんなの目がいっせいに前の講師に戻った。

ガスのおじさん

ガスの測定器を取り換えるおじさんが来た。そのおじさんが、とにかく元気でハキハキニコニコだったので、思わず「元気ですね」と笑ってしまった。そうしたら「ありがとう」と言っていた。

必要事項をハキハキニコニコ言い終わり、ガス台の話をすると、ふつうの素に戻って話しはじめた。それがまたおかしく、「ふつうの話し方もするんですね」と言ったら、「いやいや」と言いながら、おじさんは笑った。

それからまた、ハキハキニコニコに戻って、「この次は10年後の取り換えになります。10年後に来ます」と言って帰った。

思わず「10年後だって」と笑った。ああいう、小学校の生徒みたいなおじさんこそ珍しく、その方が10年に1回だと思った。

インドネシアのクジラとり

テレビを見ていたら、インドネシアの小さな島では、いまだに小舟に乗ってモリでクジラを捕っているという。大変に危険なことで、大ケガをしたり、命を落とすこともあるという。

そこで興味深いのは、ケガをする人や死ぬ人は、生活態度に何か問題があると信じられていることだ。だから、その問題を改めないと問題は解決しない。

テレビではその日、足をケガした老人は、親戚とケンカをしていたらしく、その親戚を呼んで和解することからはじめた。

島では、村の人間関係をそうやって守ってきた。今はなんでもお金があれば人の世話にならなくてもすむ時代になったが、考えさせられる話だった。

飛ぶ鳥が落ちる

息子（正嗣）が塾に自転車で走っていたときのこと――。

息子：あんな、今日、左目にスズメがぶち当たってきたんやで。

母：えーっ、まさか。なんでスズメやとわかったん？

息子：落ちて、うずくまっとたから。

母：目が小さくてよかったね。目がつぶれるところやったね、大丈夫？

息子：スズメの方が大ケガやったと思うで……。

母：そんなもんが当たるのは……、飛ぶ鳥を落とす勢い、いうんか……。

息子：このごろ、がんばっとるからな、俺!!

――どういう親子だろう？

色えんぴつにたくして〈花〉

言葉にできない思いを絵にして送りました
忘れた季節を思い出してほしい
お母さんの大好きな花々です　にぎやかに咲いています

すぐ見たいという困った性格

プレゼントをもらっても、手紙をもらっても、1秒が待てない性格は直らない。あとでゆっくりという人の気持ちが、まったく理解できない。手紙は自分のうちのポストの横で破いて開けてしまったりする。

そして「家までの階段で読みました」とか、「玄関に座りこんで読みました」と返事を書く。うそではないが……、少しうそかもしれない。あなたの便りを待ちわびてということではないからだ。

その困った性格がｇｏｏｄ（グッド）ということが、この前あった。海遊館に行ったとき、売店コーナーに振動でピッピッピッと鳴くメジロ（鳥）の人形があった。海遊館といえば、水族館の類なのに……。かのこがとても気に入ったのでパッケージしてあるものを一つ買った。

家まで待てない。開けてみた。鳴かない……。待てよと、あっちこっちさわったが……、鳴かない。店員に見せたら、こわれている品物だった。換えてもらったうえに電池までもらった。よかった。

家に帰って鳴かなかったら、私は1300円に地団駄《じだんだ》を踏んでいたところだ。短所は長所なりである。

ふふっと笑う

スーパーに行ったらニッカーボッカーをはいた土木作業のおじさんが二人、私の前でレジを待っていた。

そのうちの一人が「あっ、忘れもの」といって売り場に戻って、袋に入ったローレルの葉を取ってきた。シチューなどに入れて煮込

むと香りがよい葉っぱだけど、私は使ったことがない。

〝こんなものをこの男二人が使うのだろうか?〟と思って買い物かごを見たら、ワインが入っていた。

格好で人の生活を判断してはいけないと、また気がついたけど、取り合わせがおもしろく、心のなかでふふっと笑った。

特設売り場のおばさん

袋一杯300円というセールがときどきある。タマネギだったり、ミカンだったり、リンゴだったりする。今日はチョコレートゼリーだった。
これは、かのこにも正嗣《まさし》にも、ウケが良かった商品だ。
普通は6個でいっぱいなのだが、係のおばさんが「あと2

個入るよ」と無理やり入れてくれ、無理やりセロテープで縛った。

〝おー、こんなことしていいのか〟と思ったが、おばさんは「もう1個」と言って、さらにヨーグルトを詰め込んだ。

私は感動して「ありがとう!!」と、この字の10倍ぐらいの大きな声で言った。すると、係のおばさんは、とてもうれしそうだった。

あとで、〝どうして自分が損をすることをしているのだろう？〟と思いはじめた。簡単なことだ。おばさんは、チョコレートゼリーの会社の人ではないのだ。1個でも早く売って、早く帰りたいのだ。おばさんの満足した顔を思い出して、深く納得したのだった。

ほんとうは素直

電車に乗って立っていたら、座っている三人の男の子のうちの一人に見覚えがあった。団地に住んでいる子で、中学のときから悪い仲間とつきあい、卒業することを教員から望まれていたほどの悪だった。美男子で、背が高く、なかなかイケてる子なのだけど、今見ると、疲れて汚れていた。

あとの二人も、あきらからに悪らしい。なかの一人が「俺んちのばあさんが、むかつく」と言い出した。

さんざん悪口を言っていると、電車が駅で止まって、杖《つえ》をついたおばあさんが乗ってきた。80歳は軽く超えているだろう。

そしたら、今まで悪口を言っていた子がサッと立って、おばあさんに席をすすめた。おばあさんは席に座ると、隙間《すきま》があったので「お兄ちゃんも座れるよ」と言ったが、「いや、いいっす」と、その子は立ったままでいた。

乗っていた人たちは、そのとき、いちようように驚き、あたたかい気持ちになった。

なんと思われてもいい

母の客が来ている。あいさつを軽くしてから、息子はテレビの前でゴロンと横になって小さな音でバスケットのビデオを見ている。お客が帰ってから。

母：あんた‼　お客さんの前でよくゴロンと横になれるね！

息子：僕はな、だらしないとか、いいかげんとか思われても、何ともないねん。いっつもふつうにしていたいねん。

母：お客さんが、びっくりするでしょう。

息子：だけど、リラックスできるやろ。僕は、僕に会う人を緊張させる方がずっといややねん。

母：ふうん……。

まだ子どものくせに哲学のある息子である。タダのだらしない男だと思っていた。

part

3

いつも一生懸命

—突然の宝物—
まって まって
もっと上上
早く早く にげてしまう
季節はずれの あげはちょう一匹 うえこみの上で とんでいます. みんなで大さわぎの親子 お母さん ここでつかまえれば しばらく、子供達の ボスになれる… ガンバレ

なにかに夢中、なにかに一生懸命
その姿は、ほほえましくて
その姿は、キラキラしていて
見ているだけで、ほほえんでしまう
そして心までほんのりあたたかくなる

けなげさが好き

真っ青な空に1本の筋がくっきりと引かれている朝――。飛行機の通ったあとの雲、あんなに低く、なぜ飛んだのだろう。

20年ほど前、毎日飛んでゆく飛行機を見ていた。B3（ビースリー）と呼ばれていたボーイング737が大好きだった。737はちっともスマートじゃなくて、115人しか乗れないけど、必死で滑走していってクイッと頭をあげるのが、好きだった。

あのころから、そういうけなげさが好きだった。人間じゃないのに……。

7/31
まっさおな空に一本のすじがくっきりとひかれ
ている朝. 飛行機の通ったあとの雲.
あんなに低くなぜ飛んだのだろう.
20年ほど前. 毎日飛んでゆく飛行機をみて
いた。 B3《ビースリー》 とよばれていた ボーイング737
が大好きだった. 737はちっともスマート
じゃなくて 115人しかのれないけど ひっしで
滑走していって クイッと頭をあげるのが好きだ
った。あのころから. そういうけなげさが好き
だった。人間じゃないのに

ズボンスカート

3歳ぐらいの男の子が、さっきから自転車にまたがったまま、一生懸命なにかしている。よく見たら、自分のズボンの端《はし》っこから出ている糸を引っ張り続けている。糸はどんどんほどけている。かなりイライラして、男の子は引っ張り続ける。

そのうちズボンの股《また》の部分がほどけてきた。簡単にほどけるところをみると、お母さんの手作りか何かなのだろう。やっと糸は出てこなくなって、スカートに変身したズボンで男の子は自転車をこぎだした。

きっと家に帰ったら、お母さんは笑うだろう。彼は出てくるものを一生懸命引っ張っただけなのに、女の子になってしまったから。

春の命

秋に焼かれて丸坊主《まるぼうず》になった丘の一面に、びっしりと小さなチョウチョのように双葉が出ている。この寒さのなかで、もう春は準備している。

大きくなれば雑草だけれども、我《われ》も我もと伸び出てくるようすは、いとおしくかわいい。毎日少しずつ大きくなってきたのだろう。

けど、今日はじめて気がついた。気がついたときは、丘一面に広がっているというのがすごいですね。

ふにゃふにゃでも

玄関の前につる植物の鉢を置いています。つるは窓のところの柵《さく》につかまり、どんどん伸びていって素晴らしい状況になりましたが、なかにはつかまることができずに、垂れていくつるもあります。

いったん下に垂れると、柵につかまらせようとしても伸びきってしまい、つかまれません。しかたがない。じゃあ、つかまれないつるは、そのまま伸びればいいやと思っていたら、今朝、何にもつかまらず空に向かって伸びているつるを発見しました。

どうして、このつるだけこんなひょろひょろなのに強いのだろうとよく見ると、それは2本のつるが絡《から》まっているのでした。2本で協力し合って、柵の力を借りずに見事に伸びています。さあ、どこまで伸びるか楽しみです。

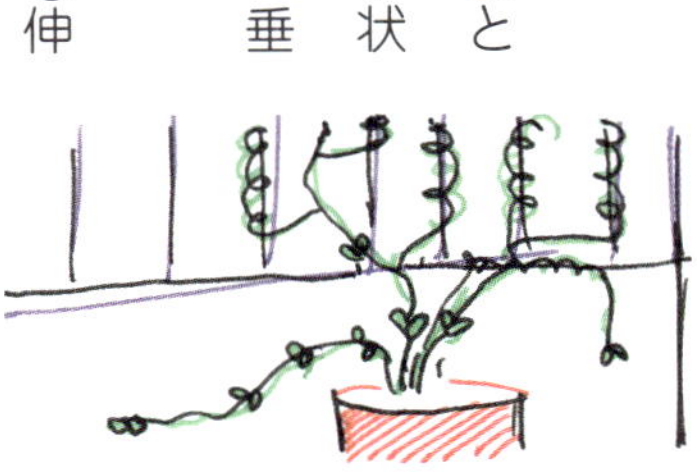

小っちゃな冒険家たち

少年野球の練習場のフェンスに子どもが二人、はりついて遊んでいる。〝危ない〞と思うが、走っていって無理やり引きずり降ろすほどのことではなさそうだ……。

次に見たら、フェンスを乗り越えて反対側に移るところだった。サルみたいなやつらだ。一人の子がうまく乗り越えられなくて、うまくやれた一人の子が、片手で一生懸命指示している。やっとできて、二人で楽しく笑っている。危ないけれど、とっても楽しそうだ。

そのうち、上空を飛行機が飛んで、二人はそっくり返って見ていた。サル山のサルを見るように、自宅の3階からずっと見て楽しんだ。子どもは大人に見られていないとき、ほんとうに生き生きとして、かわいい。

無我夢中の境地

「たとえばたった一人で砂漠《さばく》を走っているでしょう。そのときはもう、プラスのエネルギーを積み重ねていかないと、そこで死んでしまうのです」

大砂漠を走行した女性ライダーの話である。マイナスのエネルギーを入れる余地がない。たぶん、なにかを達成するためには、そういうことが必要なんだなあ。

人の悪口、ダメかもしれないというあきらめ、センチメンタリズム……、そういうのは、まだ真剣じゃないですね。生きることに。

色えんぴつにたくして〈子どもたち〉

いつの時代も、子どもは風の子ですね
その元気な姿をスケッチしました
お母さんにも明るい笑い声が聞こえるといいな

ロバ選手のお父さん

マラソンで金メダルを取ったエチオピアのロバさんについて、インタビュアーがお父さんに尋ねた。

「ロバさんは、小さいころから走るのが速かったのですか?」

「そりゃもう、4~5歳のころから馬より速く走った」

「……」

父の返答にインタビュアーは、言葉を失っていた。自分の子どものことを徹底的に自慢するのは、いいなあと思う。なんか、ぷっと吹きだすほどのほめ方は、かわいい。親がほめなくて誰がほめようか。

すごいおばあちゃん

自転車で走っていたら電動車に乗ったすごいおばあさんに会った。顔つきもシャキンとしていて圧倒された。

もうそれはふつうの荷物の量ではなく、よくそれだけ持てるなあという感じ。ジュースの箱など腕にヒョイッとかかえていた。それだけでもたいそうな重さなのに、軽々と持って、自転車とかがビュンビュン通る道をマイペースで帰っていった。

このごろ、よく電動車を街で見る。昔は足が悪いと入院するしかなかったのだけど。文明の力《りき》を使って、自分で生活する人が増えているということなのだろう。昔は電動車にみんな振り向いたけど、もうこのごろは、誰も驚かないです。

倒れた人

隣の家の前にうずくまるか、倒れている人間がいる。買い物から帰ってドキッとした。立ち止まってじっと見たが、身動きもしない。覚醒剤《かくせいざい》患者か、アル中の人間がうずくまって寝ていると思った。

じっと近づくしかない。だって、家に帰らなければならないもの……。よく見たら、空手の胴着を着た子どもだった。家のカギが開いていなかったのだろう。ドアの前でうずくまって、ノートを広げて宿題をしているらしい。

小学生だから、そういうことを何の抵抗もなくできるのだ。私がすぐ近くにきても、私の方を見るでもなく、一心不乱《いっしんふらん》にやっている。空手道場に行く時間までに、ぜ～んぶの宿題をやって家の前に置いていくのだろう。

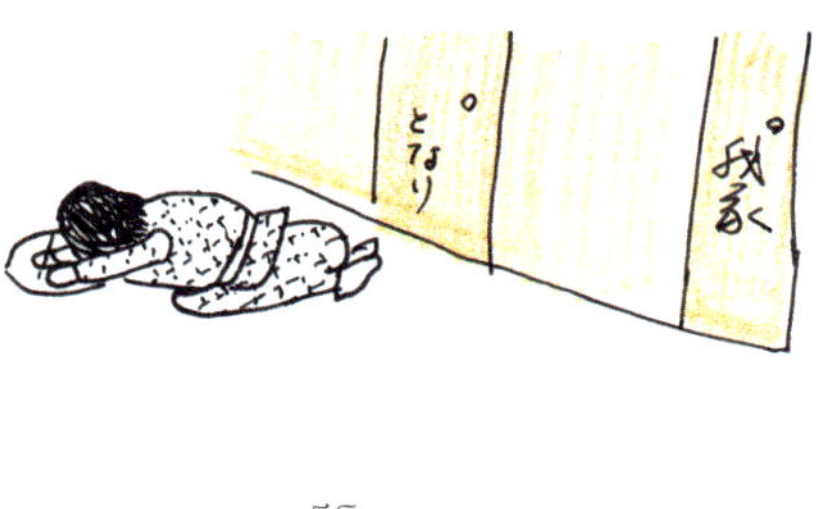

すげ〜っ

正嗣《まさし》が朝、塾に行くときに見たこと――。

倒れた自転車を引きずって走る大型犬。それをふうふう追いかける家族三人。犬のパワーがすごくて、三人は追いつけない。

甲子園のまわりも、記念写真を撮る人や応援団でごった返しているが、駅の反対側もいろんなことが起こっている。

生命の力

マングローブのことをいつか書こうと思っていた。海の水と川の水が交じり合う河口で群生する木で、塩分を吸い上げてしまう。が、これはいらないもの。そこで1枚の葉に塩分をためて落とす。

塩分を含んだ葉は、黄色になって落下。すると、また1枚だけが選ばれて塩分を吸収する。魚たちは、マングローブの根元で泳ぎ回っている。さらにこの木は、南の島の防波効果にもなっている。

生命というのは、ほんとうにふしぎだと思う。塩分を吸収すれば、どの木も枯れるのに。それを見事に打ち返す生命力にだ。

マングローブのことを
と思っていた。海の水
まじり合うジャングルで群
塩分をすいあげてしまう
いもの。そこで一枚の
いつか書こう
と川の水の
生する木で、
がこれはいらな
葉に塩分を
ためて
おとす
こんなふしぎなことがあるだろうか？
408号
様
なって
が選ばれて
きまわっている
もなっているこの
いうのは
木のことを
ほんとうにふしぎだと思う。塩分を吸収
すればどの木も枯れるのに、それをみごとに
うちかえす生命力にただ
(再生紙)

脱出

お母さんのいない間に退屈してバギーの前から脱出する赤ちゃん。子どもは、縛られたところから逃げるとかいうことに関しては、すごい知恵を発揮《はっき》する。脱出し終わって、私と目が合ったら、ニッと笑っていた。

絶対に覚えておこうと思ったのに

いつもは行かないスーパーに行った。関西に住んで、もうかれこれ20年以上たつのに、魚売り場にはじめて見るものがパッケージされていた。それは、透《す》きとおったセロファンのようなものが重なりあっていた。よく見ると左のような透きとおった魚がひとかたまりになっていて、「アナゴの稚魚《ちぎょ》」と書いてあった。

〝ふう〜ん、きっと酢じょうゆで食べるんだな〟と思ったが、５８０円という値段と、うちは新しいものは受けつけない家だということを思い出して、食べてみたい気持ちは充分あったが、買うのをやめた。まあだいたい、味はないに等しいのだろう。

その名前がおもしろかった。「はれぽれ」というような、「ぱらぴれ」というような、魚とは考えにくい、誰も思いつかない名前だったと思う……。つまり、家まで覚えておくことができなかったわけです。

くやしい！　あれほど、これは特におもしろいから何度も口のなかで言って覚えていたのに……。すっかり忘れるということはなかろうと、さっきからいろいろ試しに言っている。

「ぽりぺり……、ぱらぱり……、はれぺり……、ウ〜ン」

おじぎ草のこと

おじぎ草を買ってきた。鉢植えにしようとしてトゲに刺された。

「お〜、何というガードの堅さだ！」

少しさわっただけで、そのへんの葉っぱが閉じる。家に持って帰るために、折れてしまった若い枝をブチッとちぎったら、全部ぜ〜んぶの葉が「いたあ〜」と言わんばかりに閉じた。「お前、なんと賢《かしこ》いの。折れたままほっといたら枯れるんだから、しょうがないんだから」と、おじぎ草に向かって説得などしてしまった。そうしたら、納得して開くのではないかと思ったが、そこまでは賢くはなかった。

とにかく100円でおもしろい子を手に入れた。毎朝、ほめそやしてどうなるか見てみよう。

雨の日の発見

— 雨の日の発見 —
こうやって立っていたら
かさの中に雨がたまっておもしろいよ
でも水がたまるまでに服がびはびはになるし、みんなから変な顔でみられるし お母さんにしかられる…。
雨の中で立っていた4才ぐらいの男の子 きっとこんなこと考えていたのだろうか？

時代のチャンネル

髪を真っ赤に染めた女子高生の間で、良いことをするのが流行《はや》っているらしい。良いこととは、いわゆる昔の親切であったり、一日一善のたぐいです。それを一つできたら、一つシールを貼る。それが100点集まると、自分の願いがかなうというノートがあって、今まで何ひとつ人の為にすることのなかった子どもたちが、バスで人に席をゆずったり、ゴミを拾ったり、倒れた自転車を立てたり……、それはそれは、素晴らしい。

テレビでアナウンサーが、「もし、願いがかなわなかったらどうするの？」と尋ねると、「もう一回、100回の良いことをするんだよ」と言う。

この取り組み、学校の先生が教えたことではなく、子どもたちが自分からやりはじめたらしい。もしかしたら、気づかないうちに時代のチャンネルは、切り替わっているのかもしれない。

れんぎょうの花に思う

れんぎょうの花が満開です。花言葉は、みんなで楽しくという内容のものだったと思います。よく見れば、たくさんの花が笑いさざめいているようです。

お父さんは、お父さんらしく
お母さんは、お母さんらしく
ゆかり（妹）は、ゆかりらしく
私は、私らしく――
間違ったり、怒ったり、泣いたりしながら、それでも、お互いに感じ合い、影響し合っているのですよね。一生懸命に生きていれば、それはどんな姿でもすごいと認め合おう。春ですから。

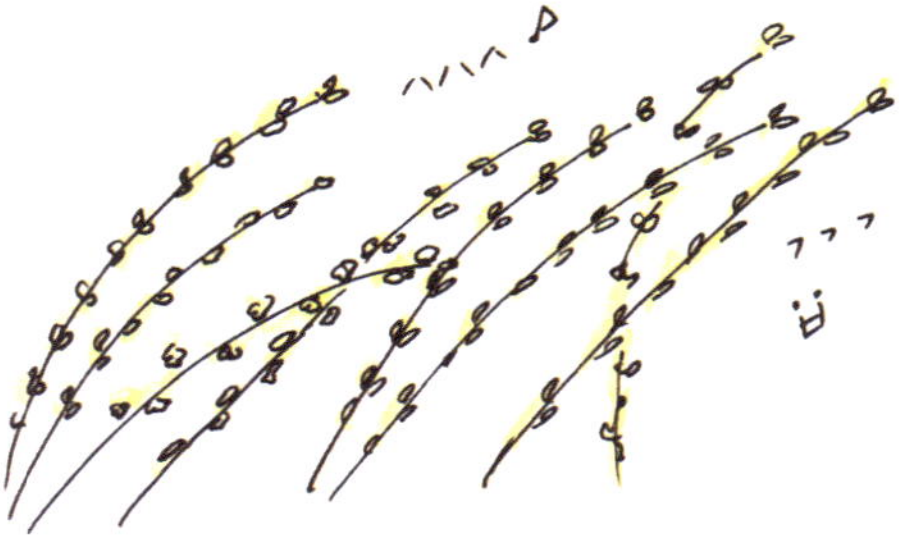

1週間げきじょう

月　火　水　木　金　土　日

うつ病になって2年、回復に向かっていた母が急に、「生きる意欲がない」と言いはじめました。もう説得や励ましでは、だめだと感じました。

98年9月、私は母のなかに残っている「お母さん」に必死に呼びかけつづけました。そのときの1週間のはがきです。やがて「あなたのために生きてみる」と、母は一つの確かな理由を見つけました。

月

さみしい日にも
どこからか 必ず 光はさしてくる
見ないで いようと 目を 閉じても
光のあたたかさを
体全体でかんじてる
もう一度 生きてみようか

火

幼い私をつれて
れんげ畑や 山や 野や
歩いてくれた お母さん
このことは 忘れるだろうと思ったのに
ずっと ずっと おぼえている
私は 自分の 子供を
あんなに豊かに 育ててはいない
そのことを 残念に思いながら
春の野がうれしかったのではなく
あなたといたことが
うれしかったのだと思う

水

外の世界はきびしいけれど
お母さん 子ぎつねのために もう一度
外にでてきてくれませんか コンコン
きびしい 世の中
一緒に歩いてゆけば
たのしいこともありますよ きっと

木

若い日

空の青に負けぬほど 元気だった

金

若い日

どんなことでも 夢ではなかった

土

秋は さみしいと 若い日も思ったが
秋は 希望の死のように つらい
でも それは自分の心の中のこと
ほんとうには 秋は 実り 力強く
冬をむかえる 準備の季節
秋は若い日と少しも変ってはいない
自分がかわれば
きっと 秋は実りの季節にかわる

日

あの頃 何を おそれていたのだろう
戦争という 外からやってくる
命をおびやかすもの
それでも 自分は元気のかたまり
今は 自分に自信がない
外の 平安な日常でさえ
時には きばをむく
そのことを おそれている
でも 皆が 体験すること
少女のころの 黄金の秋
きっと又 やってくる
あなたの生んだ娘がいますから

part

4

そうだったのか

たくさんの経験があるから
ひらめきだって光る
そのときは、わからなくても
はじめて気づくことが、いっぱいある
年を重ねてからの楽しみは、
なかなか味わい深い

芽キャベツは
こうなって
いるとは
知りません
でした。
グレープ
フルーツも
こういうふうに
なっているの
だそうです。
みかんの様
なので、
1個ずつ
なっていると
信じていました。
芽キャベツ

ハトに連れられて

ハトはなかなか飛ばない
子どもは、あとを追いかける
距離は同じ1メートル
ときどき、してやったりという顔で笑っている

学校から家まで
同じ石を蹴《け》りながら歩いて帰った
なんでもないけど、おもしろい
あの時間と同じなのだろう

春の美しいもの

女子学生のひと群《む》れが、笑いざわめきながら通り過ぎてゆく。絹のようなほっぺたで、ツンツンとはじけるような光に包まれている。

よく女子学生をじっと見る脂《あぶら》ぎったおじさんを、スケベジジイというが、おじさんでなくても思わず美しいと振り向く。

以前、正嗣《まさし》の手があまりにも美しいので「きれいねえ」と言ったら、「どうしたん、気色悪い」と言われたが、そのときと同じ感動だ。思わず頬ずりしたいほどの美しさで、女子学生をジロジロ見るおじさんの気持ちもわかる気がする。

若さの美しさとは、どうして、あんなに、どの子にも等しくあるのだろう。自分が17歳のとき、考えたこともなかった。どんな子もみな、輝いていた日々だったのだ。そのことを、今ごろわかるとは……、残念……。

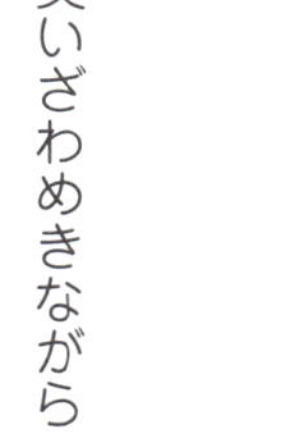

露店の八百屋

　昨年からスーパーの前で露《ろ》店《てん》の八百屋が店を開いている。最初はあまり人気がなかったが、若い夫婦がやっていることも、みなの警戒心を解《と》いているのだろう。このごろ、大はやりだ。

　私もよく立ち寄る。今日は、白菜と長ねぎ、グレープフルーツを買った。「ありがとうございました」と、若い妻はおつりをくれた。小さなお金が落ちないように、私の手のひらにのせて、自分の左の手でつつんだ。あったかい手だった。

　こういうこと、スーパーでは絶対にない。お金はお金用の皿《さら》に乗せ、おつりもその皿で返ってくる。

　このあったかさを無意識にみんな、うれしく思ってしまうのかもしれない。

今が旬のフルーツと野菜たちです
美味しそうでしょう
かつての〝くいしんぼう〟のお母さんに戻って

グレープフルーツ
は
みかんですが
どうして
グレープと
いうかと
いうと
ぶどうのように
なるからだ
そうです。
なっている
ところを見たこと
がないのですが
こういうふうになっているのではないか
日本の季節が逆の国の果物なので
なぜか冬に実のつまった大きいものが
スーパーにならびます。中が赤い

サーズの
次は、世界
で日本福美
が大流行
するとテレビで言っていた
人間が天寿を
全うするというのは
こういうさまざま
なことをのり
こえていっている
雨の中で
つやつやとふとる
ナスビ達、

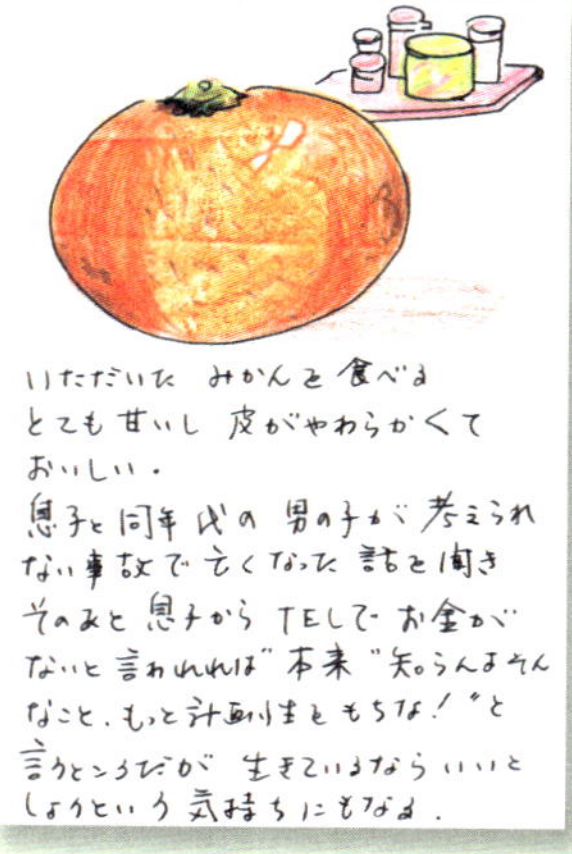
いただいたみかんを食べる
とても甘いし皮がやわらかくて
おいしい。
息子と同年代の男の子が考えられ
ない事故で亡くなった話を聞き
そのあと息子からTELでお金が
ないと言われれば〝本来〝知らんよそん
なこと、もっと計画性をもちな！〟と
言うところだが生きているならいいと
しようという気持ちにもなる。

カリン
かのこに見せ
たかったので
自分の家の近くに
あるカリンの
実を夜中12時
にぬすみに
いったと
のことで
もってきて
くれた
カリンの実
カリンはのど
のくすりという
けど王林という
リンゴににている。かおりのよい果物
今年の秋はわりあいとあたたかくて
たすかるけど紅葉はおそい

大人になって気づいたこと

女の子は、小さいころから群《む》れる。トップがいないで過ごしている場合が多い。群れることで安心する。

男の子は、必ずサル山のサルのようにトップがいる。セカンドもいる。そういう形態をとっていない男の子の群れを見たことがない。

小さいとき、大人が私の顔を見て笑った。お母さんに訴えた。「そりゃー、かわいいと思ったのよ」と、お母さんは答えた。「そんなこと決してない。フン、バカにして」と思った。

大人になって、子どもがかわいくて笑いかけるが、だいたい挑戦的な目で「フン！」とされる。あー、あの日の私と同じことを考えているのだ——。かわいいではないか。

申し訳ないことでございます！

電車に乗った。隣はきれいなお姉さん。でもプ～ンと臭《くさ》い。お風呂に入っていないのかなと思う。電車を乗り換えた。隣のおじさん、しばらくするとまたプ～ンと臭い。今日は臭い人とよく会うなあとつぶやいた。

目的地に着き、椅子に座った。隣に誰もいないのにプ～ンと臭い。えっ～臭いのは私なの!?　と、びっくりしてあちこちを見たら、どうも私の靴の裏からプ～ンらしいことに気がついた。犬のウンコを踏みつけて、西宮《にしのみや》からずっと持ってきたのだった。

今さら、部屋のなかでカーペットにこすりつけるわけにもいかず、ずっと我慢した。外に出て、私の隣に座って臭かった人、ごめんねと詫《わ》びた。

自覚がないということは恐ろしい。外の石でゴシゴシこすり落したけど、人生もこういうものかもしれない。結局は自分が原因のこともある。

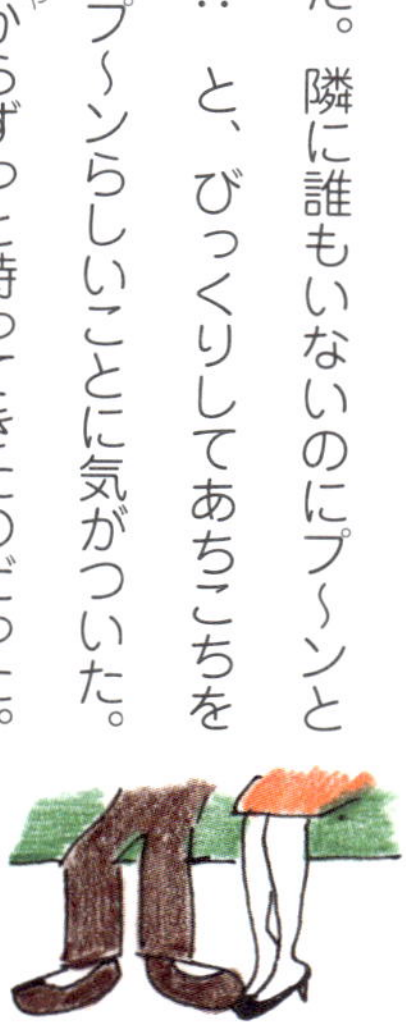

そんなに怒鳴らなくても

外科のドクターは大声で叫ぶものらしい。かのこの喉《のど》の執《しっ》刀医《とうい》も、いつも看護師さんを怒鳴りちらしている。そんなに怒らなくてもいいのにというほど、怒鳴りちらしている。

喉の糸を抜きにきた別の外科医も、やっぱり怒鳴りちらしていた。看護師さんに聞くと、外科はそうなのだという。つまり狩猟《しゅりょう》民族なのだ。手術中に「まあ、なんとかなる」と、のんびりしていては、患者が死んでしまうからなのだと思われる。

内科は、のんびりゆっくり話を聞いてくれるドクターが人気がある。こちらは農耕民族で、春、撒《ま》いた種が秋に実るのをゆっくり待つ人たちだ。

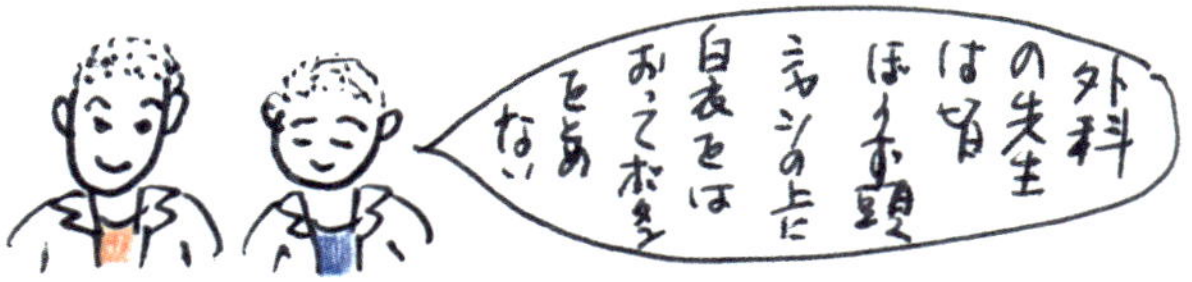

外科のドクターも、手術前、かのこの様子をみにきたときは、「はい、かのこちゃん、明日はがんばろうね」と、やさしく声をかけてくれた。

役に立つこともある

正嗣《まさし》は立派な扁平足《へんぺいそく》です。だから走ることが、扁平足でない人より不得意なわけです。

ところが、片足立ちは、誰よりも長くできるのだそうです。それと平均台の上からも、めったに落ちないそうです。なぜなら、ピタッーと足が板にくっつくからです。

そうか、自分の短所を直そうというのも立派なことだけれど、これを生かせる方法はないのかと考える方が、得かもしれない。

キャッチフレーズ

「死にそうに疲れている人に　よく効きます」

というドリンクが薬局に売っていた。この店だけが、こんな恐ろしいキャッチフレーズを書いているのだと思っていた。そうしたら、昨日の朝日新聞に「死にそうに……」と書いている薬局があって笑ったという記事が載っていた。そうか、これは全国的にこのドリンクを売るためにつくられたキャッチフレーズだったのだ。そして、これを見た人は一同におかしかったり、驚いたりしているのだ。目的は達成している。

郵便屋さん、ありがとう

便りが、いつも送っている先から「住所にこの方はいません。配達不能」と送り返されてきた。住所はパソコンのなかにある記録を打ち出しているので、いつもといっしょだが……。ということは、引っ越したのかと電話してみると、ちゃんといた。

便りが返ってきたことを伝えると、住所がずっとまちがっていた。

「1丁目―19」が「19―1」だった。郵便屋さんが気を利かせて、まちがっているのに配達してくれていたのだろう、9年も。それで配達の人が変わったので、戻ってきたのだ。

自家製ワイン

夜、お腹がすいてレーズンの入ったトーストを1枚食べて寝た。夜中にお腹がパンパンになった夢を見て目が覚めた。手を当てると、たしかにお腹がパンパンだ。布団の上に座ったら、大きなゲップが2回出た。そうしたら、お腹がペッチャンコになった。

考えるに、お腹の中でレーズンが発酵《はっこう》したのだと思える。だって、ぶどうってお酒になるでしょ。ちょうどよい温かさ（体温）で、お酒になったに違いない。

それにしても人間の体というのは、おもしろい。

ステキな贈り物は笑顔

私は小さいころから自分がかわいいとか、美人だと思ったことは一度もない。

でも、社会人だったとき、1枚の写真を見て、同期の女の子が「へえ、脇谷ちゃんも、この顔だと美人に見えるよ」と言い、〃じゃあ、いつもはブスなのかよ〃と、かえって傷ついた。

でも、私は、花のように笑うことをお父さんからもらった。

そして正嗣《まさし》が、私と似ていると言われると嫌がるけど、彼にもその笑顔が引き継がれた。今となれば、ありがとう。

「困ったら笑っときなさい」と、かつてお父さん、お母さんに言われた言葉を正嗣に言う。息子も素直に「ウン！」と言う。

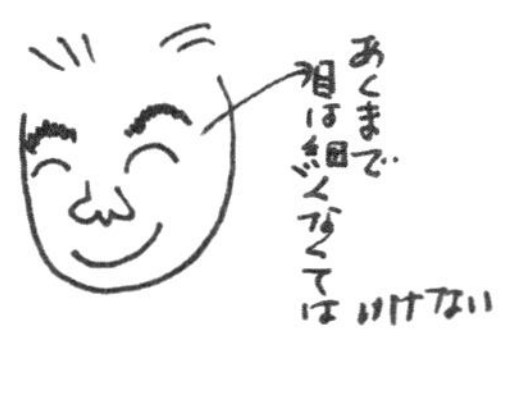
あくまで
目は細くなくてはいけない

カブト虫

正嗣から久しぶりに電話があったので、カブト虫の話をしたら、「俺はな、昔、カブト虫で大変な目にあった」と言う。

「5歳のとき、じいちゃんが『カブト虫がほしいか?』と言うから、『ほしい!!』と言ったら、山ふたつ越えて、歩かされて、カブト虫を獲《と》りに行った。疲れて、疲れて死ぬかと思った」と言う。あれから、じいちゃんに「虫がほしい」と言ったらいかんと心に決めたと——。

そんなことがあったとは、知らなかった。

ずっときれいにしてたのに

忙しくてずっと美容院にいけないので、髪は伸び放題に伸び、後ろで一つに結んでる。

そしたら昨日、お客さんが来て、「若返ったね～」と言う。そうやって人を喜ばせようとしていると聞き流していたら、また違う人が「若々しいね、今までのなかで一番若々しい」と言うではないか。

ず～っとお金をかけて、パーマをかけて、きれいになっていると思っていたのに、なんということだ。

おんぶ

おんぶをしてもらうのは　気持ちがよかった
ある日、自分も人形をおんぶして歩きたくなった
お母さんの真似をしたくなった
酒のかすを飲みすぎて酔っぱらったとき
お父さんの背中で潮風をほっぺに感じながら眠った
あれは遠い昔のようにも、昨日のようにも思う
親は早く自立させたいと
親はいつまでも生きていると思うなと
言い続けたけれど
やっぱりおんぶは　忘れられない
おんぶはやっぱり　やさしく甘い

part

5

負けたらあかん

梅雨入りしたのに大晴天.
せんたくものをほして青葉園へ
かえってくるまで お天気が
もちますように ほんの小さな
達成感が幸せを
つくります.
(マロウ)

つまずいたっていい
そこから「またがんばろう」と
立ち上がれば――
大切なのは、歩みつづけること
心の窓をひらこう
そこには希望の青空が広がっている

やぼなスタイルが、今っぽい

このごろ、外を歩くと私たちが子どものころ、『主婦の友』とかに載っていたスタイルの女の子を見かける。少し前まではやぼったいと考えられていたスタイルが、今は超ナウイということになる。

正嗣を生んだとき、病院の経営者夫人のヘアスタイルに昭和前期のノスタルジアを感じてびっくりしたが、今こそ、あのスタイルが流行の先端だ。

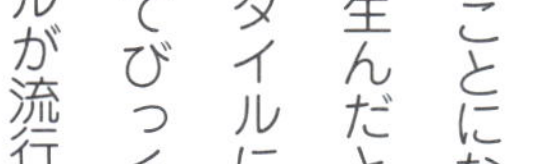

我慢していれば、20年を過ごして自分が流行の先端を走っているという素晴らしさ。マラソンで一番最後を走っていても、次の集団からみれば先頭である。くさらず、たゆまず、あきらめないことだ。

人生は——。

泣くということ

九州の人間は、泣くこと＝敗北とみなすが、関西人は、泣くことは泣くことで別なこと。そのあと、「しゃあないやんか」と立ち上がる。弱虫とは違うのだ。

そのことが、私はまだ体のなかのどこかで理解できず、ワーワー泣かれると、すぐそれでうろたえてしまうし、弱いやつ！　と決めてしまうが、弱味を見せる強さというものもあると、やっとわかってきた。

つまり折れない枝のようなもので、「もうダメ！」と思って我慢していると、枝はポキリと折れる理屈なのだ。適当にヒステリーをおこしたり、感動したりして泣きわめく人生の方が、健康なのだと思う。他人は迷惑だけれど。そこから自力で立ち上がれば、決して弱くない、強いのだろう。

笑いの原点は、おばあちゃん

お笑い芸人が、自分を育ててくれたばあちゃんのことを話している。母親が外で働いていたため、ばあちゃんに育てられたが、そのばあちゃんも貧乏だった。

薪《まき》でごはんを炊《た》いていた。家の前の川にせき止める網をつくり、そこにせき止められるさまざまなものを引き上げて、乾かして、ごはんを炊く薪代わりにしていた。

学校の掃除のおばさんをして自分の子六人を育て、さらに孫まで育てていた。成績が悪く、1と2ばかりの通知表をおずおず持って帰ったら、「ええ、ええ、足したら5になる」と言うような人だった。

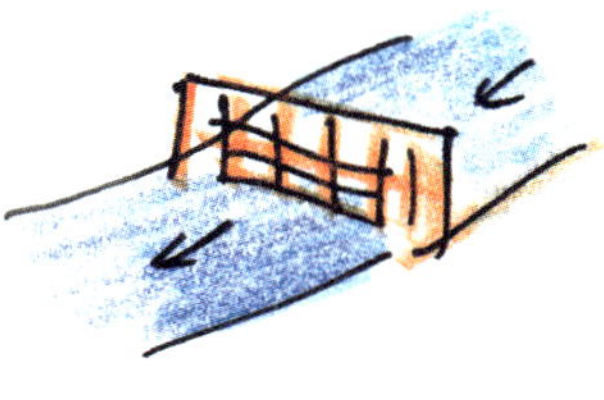

それでも、おかずのない日が何日もあった。「おかずがない」と文句を言

うと、ばあちゃんは「そうか、そうか、明日からはごはんもないぞ」と言い、思わず笑ってしまったと。また、ごはんもなく、「お腹がすいた」と言うと、「さっき食べたろう。ほんとうにすぐ忘れる子で困ったもんじゃ」と言う。

叫びたいほど悲しいのに、いつも笑っていた。この芸人の原点が、このばあちゃんだという。

折れた桜の枝

男の子が登って折れてしまった桜の枝
折れてまで艶然《えんぜん》と咲き誇る
残念！と思っていたら
小さな女の子が寄ってきて、花をさわっている
いつも見上げていた、はるかに高い場所の花たちが
手の近くにある幸運を喜んでいる
折れれば折れたで
それで幸せになる人もいるのだというふしぎ——
何に絶望することはない
不幸だと思えることも
何か良いことを持ってくるものらしい

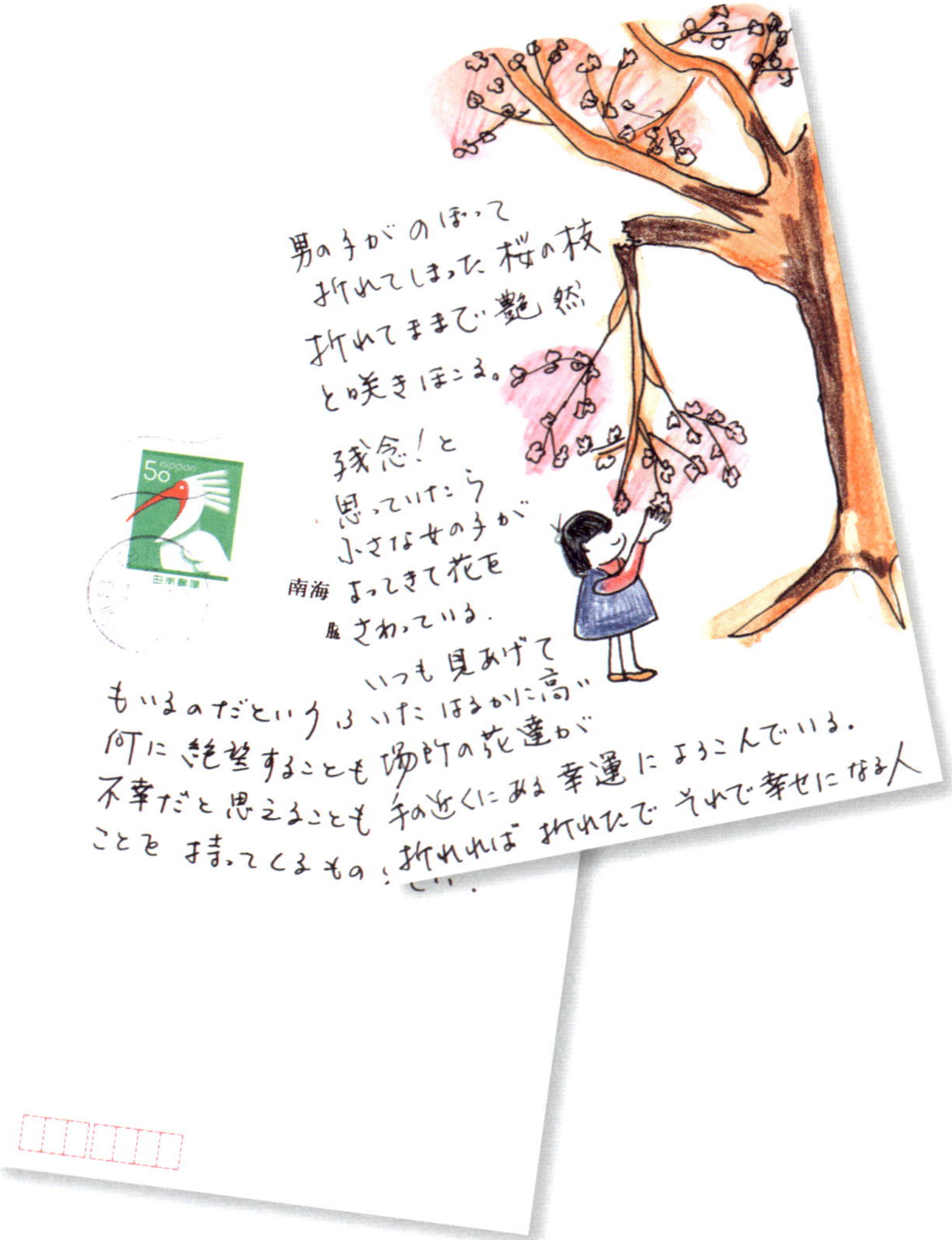
男の子がのぼって
折れてしまった桜の枝
折れてままで艶然
と咲きほこる。
残念！と
思っていたら
小さな女の子が
よってきて花を
さわっている。
いつも見あげて
はるかに高い
場所の花達が
手の近くにある幸運によろこんでいる。
折れれば折れたで　それで幸せになる人
もいるのだという　ふいた
何に絶望することも
不幸だと思えることも
ことを　持ってくるもの！
南海
鳳

心にある部屋

人間の心にはいくつもの部屋がある。部屋ごとに詰まっているものが違う。そのなかで、たった一つだけ、空き部屋がある。そこには黙っていると必ず、その人間を苦しめる想念が入り込む。たとえば弱気とか、臆病、ためらい、自己嫌悪《けんお》など。

たった一つの空き部屋に入った想念のため、人間は苦しみ、振り回される。そして他の良い部屋のものまでもが、破壊されかねない。

心にあるたった一つの空き部屋に何を入れるかで、すべてが一変するという。何があっても良いものを送り続けるので、安心してくださいね。

心の置きどころ

「○○してくれなかったから腹が立つ」と人は言う。それを言いはじめたら、その人と対等の付き合いはできない。

「やった・やられた」「した・してもらった」……。そういうことのない世界などないけれど、そういうことばかり言いはじめると辛いものがある。山の中で暮らしたいと思ったお父さんの気持ちがとてもよく理解できる日がある。

心は、その置きどころによって、幸・不幸を決めてしまう。花の上に置こうか、友だちの心の上に置こうか、木々の上に置こうか……。

いやいや、詰まるところ、自分の中の宇宙、境涯の大きさによって決まってしまうのだ。自分が心に広大な宇宙を持つしかないのだね。

貧すれば…、とはいかない

粗大ゴミの置き場に、ホームレスのおじさんがよくテレビや家具をリヤカーで取りにくる。

今日は寒かったので、人も少なく、早朝にやってくるおじさんが、昼から来ていた。ゴミを捨てに行くと、おじさんのリヤカーからクラシック音楽が聞こえていた。手引きにカセットテープレコーダーがぶらさがっていて、そこから流れてくるのだった。

もう何カ月もお風呂に入っていなくて、こりゃ、銭湯でも入らせてもらえないだろうと思われる顔だけど、妙に彼の頭のなかは、純粋なのよという感じがした。

何もかもなくなっても、こういう人がいる日本は、

テントですんで
いるこの人たちは
犬までかって、発電キで
テレビもつくし それは
それなりに文化的です

まだあたたかいと思う。おじさんは悠々《ゆうゆう》とテレビをリヤカーに乗せ、オーケストラの音楽とともに去っていった。

コツコツ

毎日暑いですが、コツコツと食べ物を貯めたアリさんは、冬になって食べもののないキリギリスさんを助けることができました。

自分にしかできない今日の前進の一歩を踏み出そう。誰にも見えない。自分にさえ見えない。でも、それは必ず、寒い冬に形となって見えてくるのです。

泣きながら強くなる

小さいときに試合に負けると、愛ちゃん（卓球選手の福原愛さん）はエーンエーンと泣きじゃくった。その放送を見て正嗣《まさし》がつぶやいた。

「俺も悔《くや》しがって、よう泣いた。今どき、悔しがって泣く子はあんまりおらんな……。泣くより前に壊れる」と。

そういえば、私もよく泣いた。泣きながらしか人間は強くなれない。

愛ちゃんの第1試合、続けて負けたとき、少しも動じない彼女のことを、こんな風に話していた。

「昔、きっと同じ状況で愛ちゃんは泣いたんですよ。だから、同じことで泣かないのですよ。くさりもしないのです。だから何回も、何十回も泣いたり、くさったりする体験が力となるのです」

そして、愛ちゃんは第1回戦で勝利しました。

悔し涙をいっぱい流した愛ちゃん――。大切なことは、泣いている子を見つめ続ける力が親にあるかどうかなんだなあ。

悩めることも……

小さな鉢植えをもらった。小さいのに真っ赤なカラーが花をつけている。心が冷え凍《こお》るような人と、付き合い続けなければならないのは苦痛だ。だけど……、よく考えれば、そういうことに悩める余裕ができてきたということだ。

自分が不幸に泣いていた時間を超えて、相手のことを悲しく思ったりする余裕ができたのだ。

運

運が良いとか悪いとかいうのは、どういうことだろう。それは本人が判断するというよりも、他人がそう思うことが多い。だから本人に聞いてみれば、そこまでラッキーと思っていない場合もある。運が良いという場合には、それが当たり前というほどの努力が続けられていたりする。

信じようね。運とは自分でつくるもの、つくれるもの。運が悪いと感じるときが、すべての出発！

振り返れば、私の20年は、そういうことを繰り返し、繰り返し教えてもらった日々だった。それこそが、ものすごく運が良かったと思う、今日このごろです。

幸せの出発点

もうダメと思うことを大幸福の種にしてゆこう！
私たちは何かあると、これでもう立ち上がれないと決めてしまう
そうした方が流れに逆らわず、らくちんだから
でも、「あ！　そうか」と逆らって歩き出すと
それは素晴らしい日々が待っているのですね、きっと
あきらめるな　くさるな！
あきらめるな　くさるな！
幸せになれないはずがない！
幸せになれないはずがない！
そう言ってみよう　そう言い聞かせよう
細胞の一つ一つがわかるまで

冬の日のハト

ベランダに羽根をふくらませて、まんまるのハトが止まっている。雪まじりの風は冷たく、これ以上ふくらまないほど、まんまるになっている。

強い生命は、困難にであうとそれを楽しめるが、弱い生命は苦しむだけである。だから〝徹《てっ》して強くあれ！〟との言葉が、風に毛羽立つさみしそうな姿から思い出されてならない。

昔、友だちが「大変なことがあったら、嵐が過ぎるまで体を丸めて待っているのが一番よ」と言った。だけど、それはとてつもなくさみしいと感じた。負けても、失敗をしても、体を丸めて待つのは、嫌だ。

つゆ草

つゆ草の液《えき》は、花の部分だけを集めて絞《しぼ》る。その液は、染め物の模様の輪《りん》郭《かく》を描くのに使われる。ほかのものでは代えられない味わいがあるという。

その小さな花は、昼には萎《しぼ》んでしまうので、朝早く起きて摘む。たくさんの花から少しの液しか取れず、布に染み込ませて売られるという。

どこかで何かに役に立つもの、必ずどこかで何かに役に立つもの。それ以外ではダメだというものがある。それを信じて生きたい。

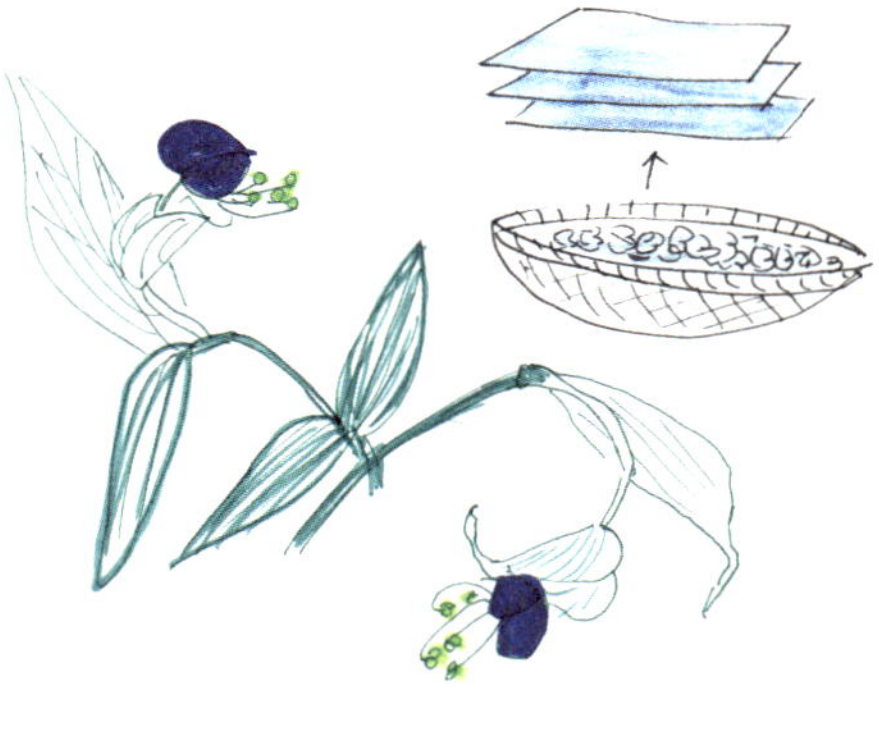

空を見上げて

悪いことばかりはないから
春の日を待とうね
あきらめや悲しみは
春の来るのを遅らせるだけだから
明るい窓の空を見るようにしようね
今日も、今日も、そしてまた次の今日も

part

6

人生は素晴らしい

風雪に耐えて育った木々は
大地に深く根を張り
いつだって凛としている
人生も同じ――
苦しみも悲しみも、人生の大切な肥やし

おたんじょうび

お母さん
おたんじょうび　おめでとうございます
毎年生きていることも　おめでとう
でも、生を終えても
おめでとうという気がしています
かのこも　まもなく18歳になります
意味なく生きることはない
なにか大きな意味があり
それは待っていれば　出てくる意味ではなく
土のなかを掘って　お芋《いも》を掘るように
自分で掘ってゆかなければ　出てこない意味なのでしょう

インゲン豆

インゲン豆のつるは、右回りに成長する。名古屋大学でこのインゲン豆のつるを、①左回り　②まっすぐにするとどういうことになるかという、どうでもよいような実験をした。

その結果は――。豆の大きさは同じだったが、左回りは右回りより2倍、まっすぐは右回りより1・5倍の豆が収穫できた。ストレスをかけると、よりたくさん生産されるという結果を得た。

たぶん、これはすべての生物にあてはまるのだろう。気ままに生きていくよりも、制約があり、ストレスがあるときの方が、より大きな仕事をする。

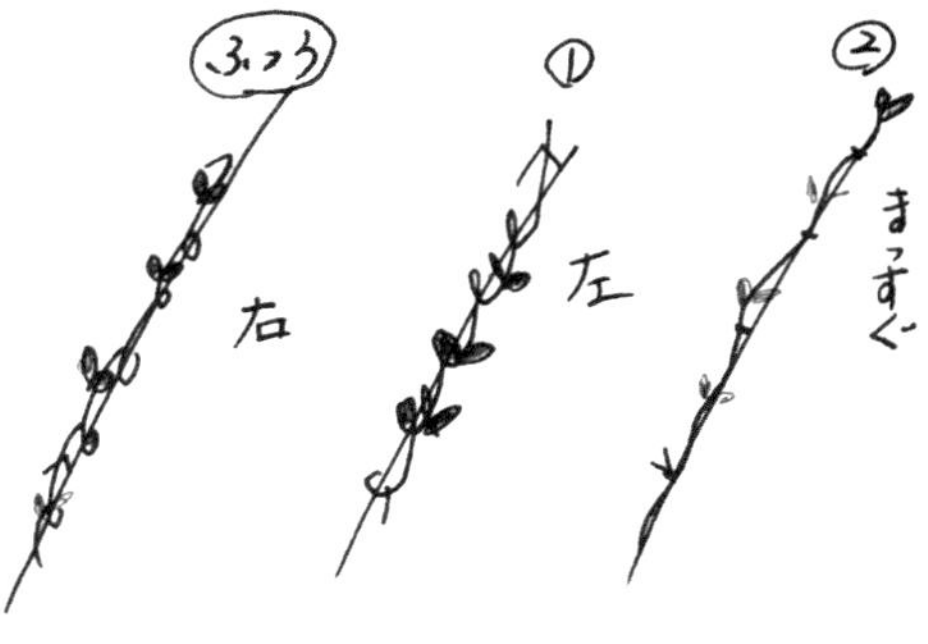

行き止まりは、確かめるべし

こういうふうに行き止まりになっている道がある。だから、この道は何十年も避《さ》けて通っていた。今日、急いでいたので、しかたなしにその道を通った。建物があって行き止まりのところだけ、車道を通ればいいやと自転車で進んでいった。そうしたら、こうなっていた。道はあったのだ。

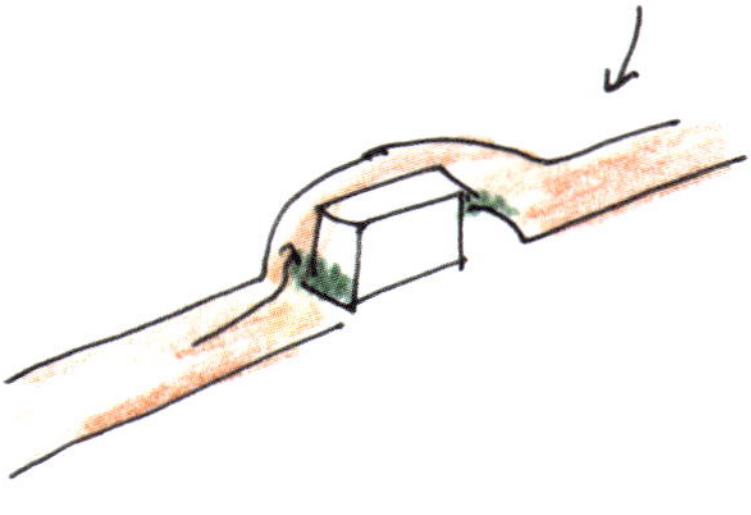

人生にもこういうことは、ありそうだ。もうダメとずっと思っていること、恐れずに近づいてみると大きな展開にであう。行き止まりは、確かめるべし。

若さ

若いということは、それだけで美しいと、つい最近まで感じていました。
ところが、生命に向かい、逃げずに立ち向かっていると、
年齢は関係ないなと思うようになりました。
実にみずみずしい少女のような精神こそが、変わらぬ美しさだと、
建前のようなことが、今はほんとうだと心から思えるからです。

芽吹き

枯《か》れた木だと思っていたら、6月も末になって若い芽が吹き出だしてきた。一つ吹き出すと、あとはそれがスタートのピストルのように、次々と芽吹いてきた。

信じよう。どの人の心にも、たしかにあるスタートの時を――。

大切なのは　決めること

自分は肺結核だったけれど、「健康である」と決めた。そうしたら、しだいに健康になった。そう、ある人は語っている。

そうなんやなあ。「自分は病弱や、病弱や」と言っていると、ほんとうに病気になるのだろう。

ほんとうはお金がなくても、あると思って。病気でも、元気だと決めて。

そして、嫌われていても、好かれていると決めて、人にやさしくしてあげよう～と。

水のように

水のように人生は流れていく――。

それは、なるようになるという意味ではない。心もお金もエネルギーも、自分から他へ流れ、そして、またどこからか流れ込んでくるものだという事実だ。

常に流れている川の水は、多すぎも少なすぎもせず、海へ注いでいく。その水はまた、山から川へ流れ込む。

ため込んだ池の水は腐り、淀む。たくさんためても水は死ぬ。死んだ水からは、何も生まれてこない。それはふしぎだけれども、ほんとうなのだ。

1枚の葉っぱ

大切に持って帰った小さな葉っぱ。さっき、買い物から帰ってきたとき、知らない小さな男の子が、「あげよう！」と言ってくれた葉っぱ。

どうでもいいものでも、大切に思うものはある。そのものに心が通っているとき、1枚の葉っぱだって一生の宝物になる。

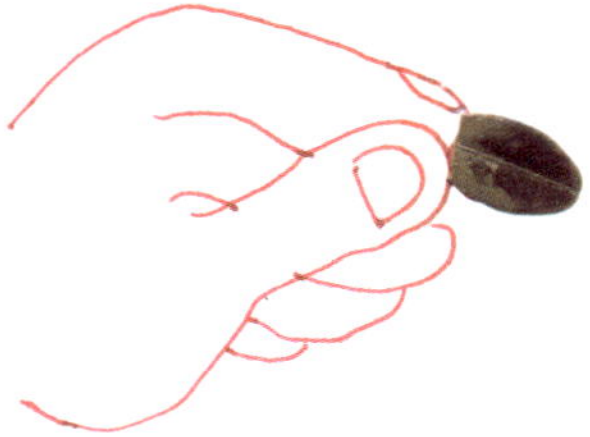

ほんとうの幸せ

ずっと前の私は、幸せとは不幸でないことだと思っていた。

でも、今は違う。どんなに不幸になっても、それを必ず幸せな状況に変えてゆけることが、ほんとうの幸せなのだと。

思い通りにいかないことなど、この世のなかには山ほどあるのだ。病気になることも山ほどある。だから、そうならないようにすることは難しい。

なってもいいのだ。なったら治ればいい。治らないと思うから不幸なのだ。さらに治らなくても、障《さわ》りなき身ならば良いともいえる。足が不自由でも世界を飛び回り、私たちよりも背中に羽根のあるような人は大勢いる。

命には、何があってもそれを幸せに変えていく力がある。

毛生え薬

送ってもらったアロエで毛《け》生《は》え薬ができました。正嗣《まさし》が頭にスプレーしていたら、今まで見向きもしなかった夫が、「僕も」と言い出して、「僕の薬やから、とらんといてよ」と、二人で奪い合っています。いつまで続きますやら。

どんなときもあきらめず、何か良いといわれることはやってみよう！

結果ではなく、その意志が何かを変えてゆくのだと信じて――。

100円
コーナーで
買ったスプレー

春がきて

枯《か》れたと思っていたデージーの茎《くき》から赤ちゃんの芽が出ている。それは小さい赤ちゃんの芽。もう少ししたら、大きく膨《ふく》らんで花になる。ほんとうにふしぎな生命。水しかあげていないのに、次々と決められたとおりに、何もないところから新しい芽をつくり、新しい花びらをつくる。あたり前のことなのだけれども、それは、ほんとうに、宇宙のふしぎです。

変化してゆくもの

ずっと同じということはない。そのことを私たちは忘れています。強きものは、ずっと強いわけではなく、弱きものも、ずっと弱いばかりではありません。

変化してゆくもののなかで、精神だけは衰えることなく、成長してゆけるものだということには、驚きます。死の瞬間まで成長してゆける。これは素晴らしいことです。

若さをうらやましく思うことはありません。むしろ、たくさんの経験が力であり、時を重ねていることが、比《くら》べもののない素晴らしいことなのですね。

人は動きながら

行こうか……、気乗りしないなあ……、特に私が行かなくても……。
そんな思いのときは、無理にでもドアをあけて動きだすことだと思う。
自転車をこいで電車に乗ると、その気になっている。
そして動けば、思ってもいないことで新しい出会いやチャンスがある。
動かなければ、何も起こらない。動いた分だけ世界が広がる。

太陽のように

自分が太陽のように輝くこと。それは、燃えるようなエネルギッシュなものだろうと思っていた。でも、ほんとうは、燃えるんじゃなくて、燃えつづけることが、大切なのだということに気づいた。

いつもいつも炎を消さず燃えつづけること。大変なようだけど、慣れるとそれは、必ず幸せという実を結ぶ気がする。

井の中の蛙　空の青さを知る

「井の中の蛙　大海を知らず」

そのあとの言葉を知らなかった。そのあとは、「されど　空の青さを知る」だそうだ。すごくいいことわざじゃないかという気がしてきた。

大きな世界は知らないが、今の自分の環境を素晴らしいと思えるということなんじゃないか。前の言葉と、全然意味が違ってくる。お山の大将だということわざと思っていたが、すごい哲学者のことばだった。

「空の青さを知る　風の香りを知る　自らの無限も知る」としてほしいものだ。

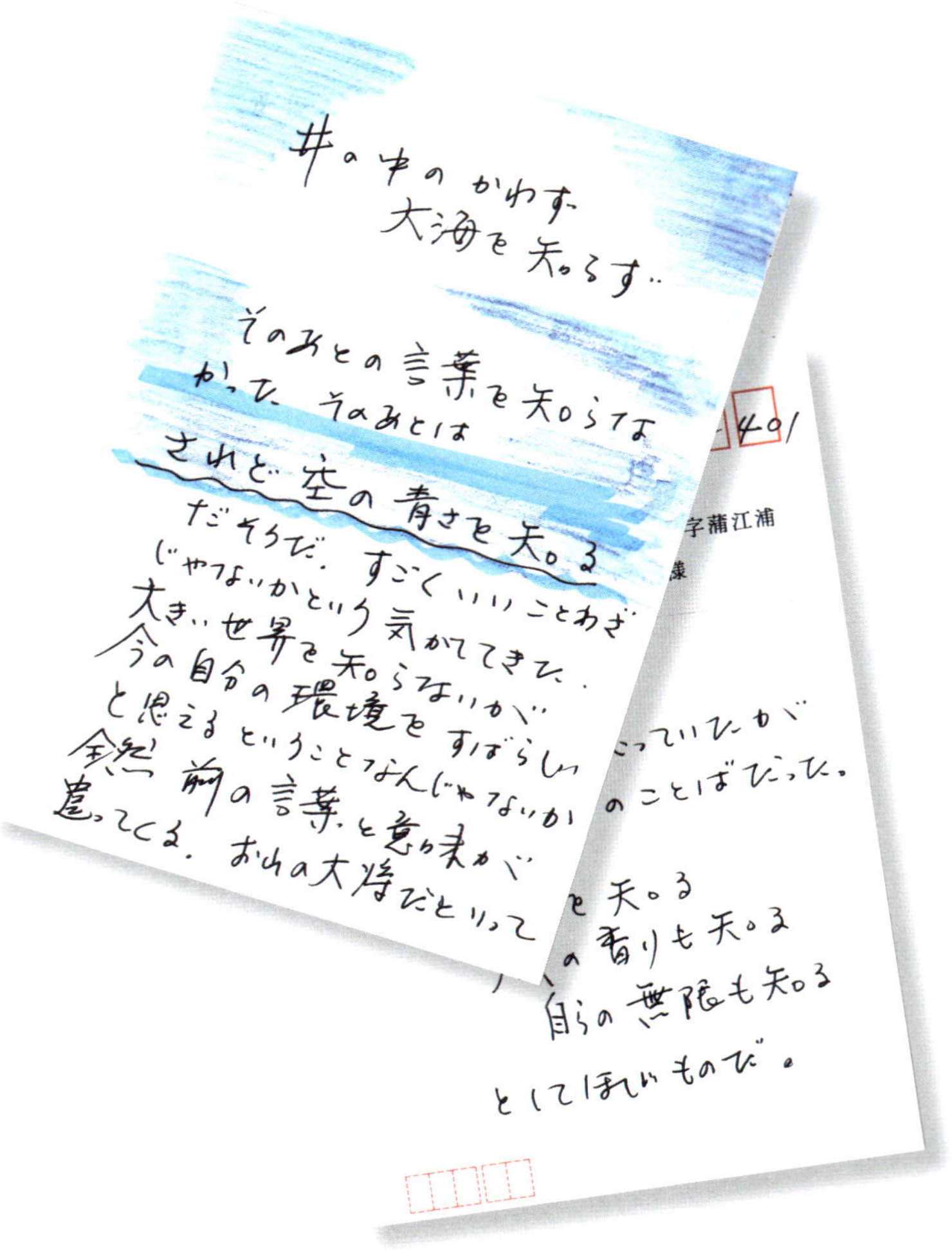
井の中のかわず
大海を知らず
そのあとの言葉を知らなかった そのあとは
されど空の青さを知る
だそうだ。すごくいいことわざじゃないかという気がしてきた。
大きい世界を知らないが
今の自分の環境をすばらしいと思えるということなんじゃないか
全然前の言葉と意味が違ってくる。お山の大将だといって
401
字蒲江浦
様
っていたが
のことばだった。
を知る
の香りも知る
自らの無限も知る
としてほしいものだ。

もっと……

もっとお金があったらと思う
もっと時間があったらと思う
もっと若かったらと思う
もっと賢《かしこ》かったらと思う

でも
もっと自由だったらとは思わない
かのこがいなければとも思わない
素敵にスマートに生きたいとも思わない
たぶん、いつのころからか
自分の井戸から汲《く》み上げる水が
他の井戸とは違うけれど

良い味のする水だと気づいたからだろう
もっと……、と思うとすれば、感動したいと思う
他の人の心の美しさに感動したい、生きざまに感動したい
ありのままで美しい人たちに出会うことは
生きる力のような気がしている

色えんぴつにたくして〈かのこ〉

障がいを乗り越えて生きてきた、かのこ
娘には、いつも勇気づけられました
お母さんにも、かのこの元気な姿を届けますね

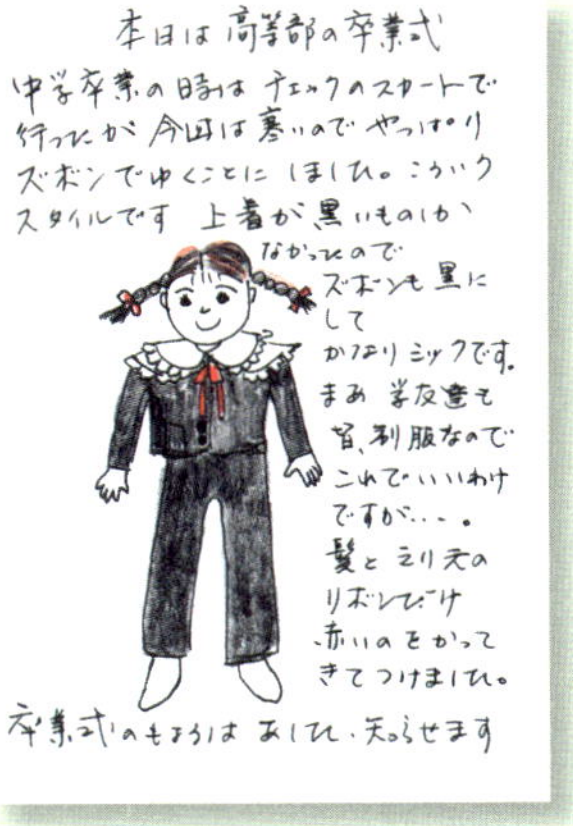

石橋は歩いたあとにできる

失敗したら誰も助けてくれない。だから危ない橋は絶対に渡らない。それが、かつての私でした。

そんな私にプレゼントされたのが、重度の障がいをもった娘・かのこでした。あれほど石橋をたたいて生きてきたのに、人に迷惑をかけないように生きてきたのに、パニックになりました。

打たれ強くない私は、この現実を受け入れまいとしていました。でも、かのこは生きました。かのこが5歳のある日、決然と立たなければならないとわかりました。

石橋なんて目の前にない。私が生きたあとに強い橋ができるのだと、それまでの人生とまったく逆の考えが浮かびました。そして、それが私の生き方の原点となりました。

そのためには、愚痴《ぐち》や涙は何の役にも立たない。体操選手が毎日トレーニングして筋肉をつくるように、心の筋肉をつけようと心が決まりました。

そして20年――。強くもなり、きつい性格にもなりました。でも、私の歩んだ道は、いつの日もきちんと見通せる道として残りました。満たされてできた道ではなく、綱渡りのような毎日を見事に落下せずに生きてきたという、奇跡のような道です。

エピローグ

希望のスイッチは、自分の心のなかにあります

住めば都、兵庫県西宮市の巨大団地に暮らしています。

阪神淡路大震災から1年が過ぎ、私の住む兵庫・西宮《にしのみや》の街も、やっと復興へ向かいだしたころのことでした。その日、受話器から聞こえてきたのは、うろたえた父の声でした。

「母さんがたいへんだ。自分で髪の毛をジョキジョキ切って『死にたい』と泣いてばかりいる……」

いつも笑顔で家事を切り盛りしていた母の、あまりにも変わり果てた姿に、私は言葉を失いました。当時67歳の母は、うつ病に加え、認知症を発症していました。

私に心配をかけまいと母の病気を黙っていた父も、日毎《ひごと》に自殺願望が大きくなる母に、自分一人では抱えきれないと思

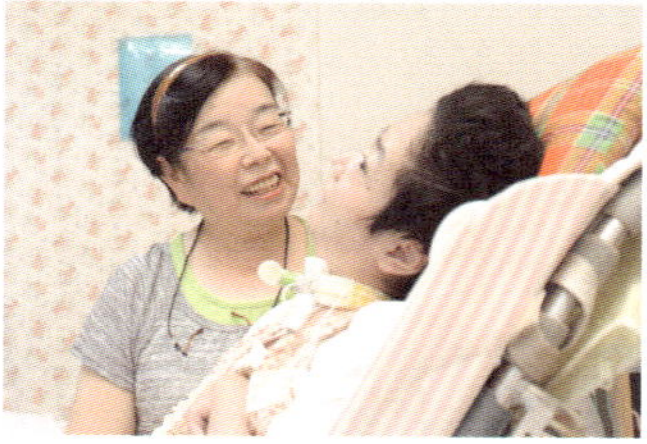

生命の素晴らしさを教えてくれた娘の、かのこといっしょに。

ったようです。「すぐに実家に帰ってきてくれ……」と、私に助けを求めました。

しかし、私には応えることができませんでした。理由は、長女の「かのこ」です。娘は生後2カ月で重度の「脳性麻痺」を宣告されました。

「視力も、聴力もないでしょう。体の機能は、リハビリで少しは回復するかもしれませんが……」

医師の言葉に一縷《いちる》の希望を託し、母娘で懸命にリハビリに励んできました。しかし、障がいは、容赦《ようしゃ》なくかのこを襲います。ひきつけ発作や肺炎を起こしては、病院に駆け込む日々。郷里の大分《おおいた》には、娘が生まれてから十年以上、実は帰ったことがありませんでした。

私の事情をすべて知る、父のたっての願いに、私は胸が張り裂けそうでした。娘を残して大分には戻れない。連れて行くにも、郷里には娘を診ることのできる専門病院はありません。母と娘と、どちらの命をとるのか、突きつけられているようでした。

もちろん、どちらも選ぶことなどできません。私は、母も娘も守ろうと決意しました。自信はありません。しかし、かのこと歩んできた日々が私を奮い立たせました。

そのころの母は、いつ命を絶《た》ってもおかしくない状況でした。ハサミで切った自分の髪を燃やしながら、「キラキラしてきれい、こうやって私も消えてしまいたい」と思っていたそうです。夜に徘徊《はいかい》し、海に入っていったこともありました。毎日が、紙一重で命がとどまっている危うさでした。

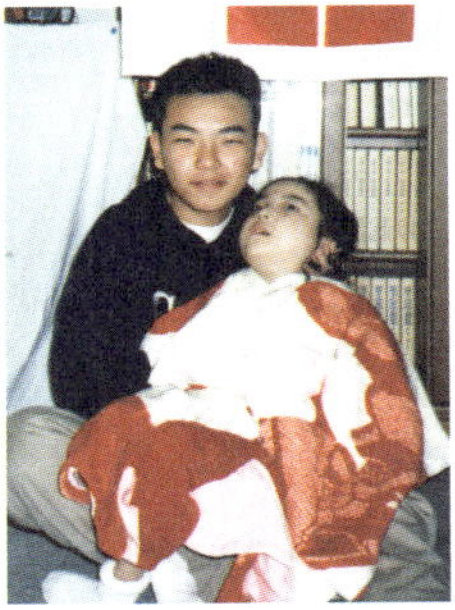

2歳年上の正嗣は、妹をいつもかわいがっていました。

どうしたら、自殺を踏みとどまらせることができるのか。懸命に考えるなか思いついたのが、実家のポストに毎日11時

このポストから、一日も欠かさず、母へはがきを送りつづけました。

に届く〝笑える〟はがきでした。

うつ状態というのは、なにひとつ楽しくない状態です。硬く閉ざされ、すべてがモノクロの世界になってしまった母の心に、私は灯《ともしび》をともしたい一心でした。かすかな灯でも、暗闇《くらやみ》を照らすことができれば、それは生きる希望になるはずです。笑うことは、その灯をともすことだと思えたのです。

私のはがきを待っていてほしい。そして次の朝が来るまで生きていてほしい。祈りを込め、私は毎日、はがきを送りつづけました。

それからの私は、メモ帳を携帯して出かけました。娘を介護する私の生活圏は、狭い世界です。そのなかで〝くすっ〟と笑える出来事をキャッチするのは、宝探しのように大変なことでした。

その間、母の病状は一進一退を繰り返しました。波が寄せ

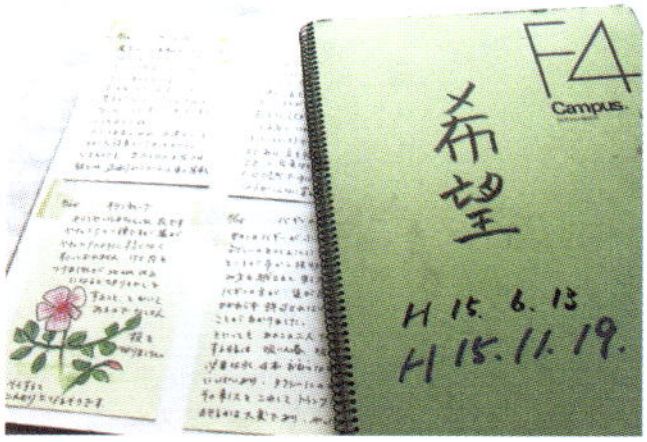

はがきは母の希望になっていきました。

うつ病を乗り越え、ますます元気に。

ては引くように、今日は調子がよくても、明日はまた不安に襲われる。自殺願望があるのに、自分の体が不調だとパニックに陥《おちい》り、救急車を呼ぶことを繰り返しました。

しかし、変化もありました。自ら「希望」とタイトルをつけたスケッチブックに1枚1枚のはがきを貼りはじめたのです。そして体調がいいときには、スケッチブックを友人に見せ、笑いをおすそ分けするようになりました。

そのころから母の病状は、速度を増して回復していきました。そして発病から4年目には、抗うつ剤が一切必要なくなりました。気がつけば、今まで以上に母はよく笑う人になっていたのです。

本来なら〝くすっ〟と笑うはがきは、これで任務終了です。しかし、母がそうはさせてはくれませんでした。「友だちも、あなたのはがきを楽しみにしているのよ」と言うのです。た

アメリカの大学で障害者教育を学んだ息子の卒業式。左は夫です。

またま目にした新聞記事にも、「心の支えになっていることは、やめると前よりも病状が悪くなる」とあるではありませんか。結局、はがきは、両親が西宮に越してくるまで14年もつづきました。

元気になった母からは、笑いの力を反対に教わることもたくさんありました。「毎日、はがきを読んでいたら、私だってこの程度のおもしろい話なら書けるんじゃないかと思って」と言い、自分の少女時代のことを毎日原稿用紙に1枚ずつ書きはじめたのです。そして77歳で本まで出版してしまいました。

思い起こせば、私は娘がいたから、母にはがきを送りました。今となれば、〝離れている困難〟〝どうすることもできない現実からの一歩〟が、すべて宝になりました。

私に頼ることのできない母は、はがきを何度も読み返しては、自分で希望の灯《ともしび》をともしつづけたのですから。父とは、

私がラジオ番組を持つなんて、人生はどう開かれるかわかりません。

母の病気を通して人生で一番話をし、戦友になりました。はがきにも度々登場するマイペースな息子・正嗣《まさし》も、かのこが生きてきた足跡が力になっているのでしょう。現在、アメリカで障がいをもつ子どもたちの教師をしています。

そして娘の存在は、どんな場所からも笑いや喜びを届けることができることを、私に気づかせてくれました。娘の高校（養護学校）卒業をきっかけに、私はかのことの生活をつづった「マイ新聞」を発行しています。新聞を心待ちにしている友人のなかには、スケッチブックを回覧した母のように、笑いを身近な友と共有してくださっている方も少なくありません。そんな笑いがとりもつ縁で、ラジオのパーソナリティーをするなど、私自身も思いもしない充実の日々を送っています。

今もどこかに、現実の困難に心が折れそうな方がいるでしょう。東日本大震災で被災されたみなさんは、まさにその渦《か》

こんなにも笑う両親だったっけ!?　と思う今日このごろです。

中《ちゅう》で苦しまれていると思います。私も阪神大震災では、多くの仲間と苦しい時間を過ごしました。将来がまったく見通せない不安に押しつぶされそうな現実を目の当たりにしました。だからこそ、思うのです。心が震え、足がすくんでも、今日一日だけ、一日だけ希望に向かって進もう。そういう一日一日の積み重ねが、未来を開くと――。

母にはがきを送るなかで、私は笑いを見つける名人になりました。みなさんも自分の足元にある、〝くすっ〟を探してみてください。必ず、必ずありますから。

最後に、出版にあたり５０００通ものはがきに目を通し、一冊の本にまとめて下さった小此木律子さん、福元和夫さんはじめ関係者の方々に感謝申し上げます。はがきが、母の元から飛び立ち、多くのみなさんに〝くすっ〟を届けることができれば、心から幸せに思います。

【著者略歴】

脇谷　みどり（わきたに　みどり）

１９５３年大分県生まれ。障がいのある娘の誕生をきっかけに介護に奔走。96年には郷里の母がうつ病を発症。「死なせてなるものか」と、笑えるはがきを毎日送る。約５０００通のはがきを送るなかで、笑いと希望を届けることに喜びを発見。00年からは「風のような手紙」を毎月発行。介護の日常を明るくつづった個人通信は、口コミで愛読者が広がる。05年からは西宮さくらＦＭで「風のような手紙」（毎週水曜日）のパーソナリティーを担当。08年から毎日新聞・大阪版に連載してきたイラスト・エッセイ「ＫＡＮＯＫＯ　ＭＥＭＯ」（第２水曜日）は、18年まで続いた。夫、長男、長女の４人家族。晩年を隣の住まいで過ごした両親とは、「今日はこんなことがあった」と、見つけた笑いを語り合った。

希望のスイッチは、くすっ

うつ病の母に笑顔がもどった奇跡のはがき

2011年 9月 30日　初版第1刷発行
2021年 5月 3日　初版第7刷発行

著　者　脇谷みどり（わきたに　みどり）
発行者　大島光明
発行所　株式会社　鳳書院
東京都千代田区神田三崎町 2-8-12 〒101-0061
電話番号　03-3264-3168（代表）
印刷・製本所　壮光舎印刷株式会社

ISBN978-4-87122-165-8 C0095